Cristina Karrer, Regula Turtschi,
Maritza Le Breton Baumgartner

Entschieden im Abseits

Frauen in der Migration

Ein Buch des FIZ – Fraueninformationszentrum für Frauen aus Afrika, Asien und Lateinamerika

Limmat Verlag
Zürich

Für Druckkostenzuschüsse danken Autorinnen und Verlag folgenden Institutionen: Stiftung für Erforschung der Frauenarbeit, Migros Kulturprozent, Gönnerverein des Limmat Verlags

Umschlagfoto von Linda Herzog, Zürich

ISBN 3 85791 278 2

Inhalt

Vorwort

Seit mehr als zehn Jahren arbeitet das Fraueninformationszentrum für Frauen aus Afrika, Asien und Lateinamerika (FIZ) auf praktischer und theoretischer Ebene zum Thema Frauenmigration.

In seiner Arbeit war das FIZ immer wieder mit der Tatsache konfrontiert, daß Frauenmigration weder in der öffentlichen Diskussion noch im wissenschaftlichen Diskurs präsent ist. Wird von Migration gesprochen, so sind in der Regel migrierende Männer gemeint. Kaum je sind die spezifisch weiblichen Migrationsformen und Bedingungen ein Thema. Im Gegenteil – ist die Rede von migrierenden Frauen, so werden gerne emotionsgeladene und sensationsträchtige Einzelfälle geschildert, ohne auf Strukturen und Zusammenhänge hinzuweisen.

Durch den Austausch mit Organisationen weltweit, die mit Migrantinnen arbeiten, wurde die Globalität des Themas sichtbar: Im Zentrum stand nicht mehr als die Einwanderung von Frauen aus Asien, Afrika und Lateinamerika in die Schweiz, die Wege der Migrantinnen kreuz und quer über den Erdball wurden sichtbar.

Doch bald einmal stieß das FIZ in seiner Arbeit an Grenzen; obschon immer mehr Frauen migrieren und bereits von einer «Feminisierung der Migration» gesprochen wird, fehlt bisher weitgehend Literatur, die dieses Thema in seiner Vielseitigkeit, Globalität und Komplexität angeht.

Aus diesem Grund beschloß das FIZ, einen eigenen Beitrag zu leisten. Erklärtes Ziel war, durch die Aufarbeitung verschiedener Bereiche von Frauenmigration die Vielfältigkeit des Phänomens aufzuzeigen und gleichzeitig auf die Parallelen, die gemeinsamen Strukturen und Mechanismen der Migration aufmerksam zu machen. Entstanden ist eine Auslegeordnung ohne Anspruch auf Vollständigkeit. Sie soll zur Diskussion, zur Initiierung von Studien und zur Formulierung von politischen Forderungen anregen.

Als Grundlage des vorliegenden Buches diente das umfassende Archiv des FIZ, die jahrelangen Erfahrungen der Autorinnen in der

Arbeit mit Migrantinnen sowie zusätzliche Recherchen und Literatur.

Nebst den Sachkapiteln zu einzelnen Aspekten und Bereichen der Frauenmigration finden sich vier Länderkapitel, die sich formal von den anderen Kapiteln unterscheiden: In jedem Länderkapitel werden bestimmte Aspekte der Frauenmigration am konkreten Beispiel eines Landes vertieft dargestellt. Die kursiv gestellten Zitate sind als Lupen zu verstehen, die einen Aspekt vergrößern und diesen damit verdeutlichen können. Wo keine Quelle angegeben wurde, stammt das Zitat aus dem FIZ-Archiv.

Wir hoffen, mit diesem Buch einen Beitrag zur migrationspolitischen Diskussion zu leisten, in der Frauen nicht weiter ausgeklammert oder vergessen werden. Es ist uns ein großes Anliegen, eine Auseinandersetzung nicht nur mit dem Leidensweg vieler Migrantinnen, sondern auch mit ihren Stärken und eindrücklichen Lebensstrategien zu ermöglichen.

Folgenden Institutionen und Organisationen möchten wir für finanzielle Unterstützung herzlich danken: Institut Baldegg, Luzern; Institut Ingenbohl; Seraphisches Liebeswerk, Solothurn; Swissaid, Schweiz. Stiftung für Entwicklungszusammenarbeit, Bern; terre des hommes schweiz, Basel; Stiftung Gertrud Kurt, Bern; Elisabethenwerk des Schweiz. Katholischen Frauenbundes, Luzern; Büro für die Gleichstellung von Frau und Mann, Zürich; Schweizer Kulturstiftung Pro Helvetia, Zürich; Fonds für Frauenarbeit des Schweiz. Evangelischen Kirchenbundes SEK, Bern; Stiftung zur Erforschung der Frauenarbeit, Zürich.

Im Mai 1996

Cristina Karrer
Regula Turtschi
Maritza Le Breton Baumgartner

FIZ – Fraueninformationszentrum für Frauen aus Afrika, Asien und Lateinamerika: Vom «Frauenhandel» zur Frauenmigration

Im Jahre 1981 wurden in der Schweiz zum ersten Mal die Lebens- und Arbeitsbedingungen von Cabaret-Tänzerinnen aus Afrika, Asien und Lateinamerika thematisiert.

Es war die entwicklungspolitische Organisation «Erklärung von Bern», die die Diskussion auslöste. Sie nahm sich des Falls einer philippinischen Tänzerin an und verklagte deren Arbeitgeber. Die Aktion führte zu einer Anfrage im Parlament, der Bundesrat reagierte prompt: Er verschärfte die Einreisebestimmungen für Cabaret-Tänzerinnen. Fortan mußten diese den künstlerischen Gehalt ihrer Darbietungen nachweisen können, um eine Arbeitsbewilligung zu erhalten. Leider fanden die Barbesitzer bald einmal Möglichkeiten, diese Bestimmungen zu umgehen: Zu Beginn des Engagements verkauften sie den Tänzerinnen für viel Geld einen «Tanzkurs mit Diplom». Mit diesem Diplom war der Nachweis des künstlerischen Niveaus der Darbietung für die Behörden ausreichend erbracht.

Die «Erklärung von Bern» verfolgte das Thema «Frauenhandel» weiter. Sie veröffentlichte Dokumentationen und Rundbriefe, die über die Hintergründe und Zusammenhänge von «Frauenhandel», Prostitution und Sextourismus informierten. Gemeinsam mit dem deutschen «Zentrum für entwicklungsbezogene Bildung» (ZEB) beauftragte sie einen Journalisten, über die Geschäfte mit Frauen aus Übersee zu recherchieren. 1985 wurden die Ergebnisse in Form eines Buches mit dem Titel «Der neue Sklavenmarkt» publiziert.

1984 gründete die «Erklärung von Bern» die «Oltener Gruppe», die sich intensiv mit möglichen Aktionen und Maßnahmen gegen die Ausbeutung von Frauen aus Asien, Afrika und Lateinamerika in der Schweiz auseinandersetzte. Die «Oltener Gruppe» bestand mehrheitlich aus Vertreterinnen verschiedener Hilfswerke. Sie erarbeiteten das Konzept für eine «Frauenhandelsstelle». Die Stelle sollte vor allem Informationen zum «Frauenhandel» in der Schweiz beschaffen, die Öffentlichkeit informieren und sich mit anderen Organisationen im In- und Ausland vernetzen. Beratung der betroffenen Frauen war nicht vorgesehen, da dies als Aufgabe der staatlichen Stellen angesehen wurde. Das Projekt fand bei Hilfswerken, Kirchen und Frauengruppen große Unterstützung.

1985 wurde das FIZ in Zürich eröffnet. Von Anfang an stand fest, daß das FIZ von einem interkulturellen Team geleitet werden soll. Die knappen Finanzmittel ermöglichten zu Beginn lediglich die Besetzung einer Halbtagesstelle mit einer Schweizerin. Nach einem halben Jahr konnte eine weitere Mitarbeiterin zu 50 Prozent angestellt werden. Sie stammte aus den Philippinen.

Hauptthemen waren die Lebens- und Arbeitsbedingungen von Frauen aus der Dominikanischen Republik, die als Cabaret-Tänzerinnen in der Schweiz arbeiteten, und der Filipinas, die einen Schweizer geheiratet hatten. Arbeitsschwerpunkte waren Öffentlichkeits- und Netzwerkarbeit. Bereits nach wenigen Monaten stellte sich heraus, daß die ratsuchenden Migrantinnen aus Afrika, Asien und Lateinamerika in die Arbeit miteinbezogen werden mußten. Das FIZ verstand sich jedoch nicht als Beratungsstelle, sondern als Drehscheibe: Die Migrantinnen wurden an die zuständigen Ämter im öffentlichen Sozialwesen verwiesen. Das FIZ maß der Sensibilisierungs- und Bewußtseinsarbeit bei öffentlichen Ämtern deshalb große Bedeutung zu: Für Frauen, die in Schwierigkeiten waren, sollten dadurch Netzwerke aufgebaut werden.

Der entwicklungspolitische Ansatz

Die Analyse der Hintergründe und Zusammenhänge weiblicher Migration war in der «Oltener Gruppe» und im neugegründeten FIZ stark von der entwicklungspolitischen Diskussion der achtziger Jahre geprägt.

Noch wurde nicht von Frauenmigration als globalem und multilateralem Phänomen gesprochen. «Frauenhandel» war der Begriff, der damals Schlagzeilen machte. Das FIZ definierte «Frauenhandel» umfassend: Nebst Frauen, die ins Sexgeschäft verkauft wurden, galten auch Migrantinnen, die in der Schweiz heirateten oder als Tänzerinnen arbeiteten, als «gehandelte Frauen». «Frauenhandel» wurde als bilaterales Phänomen zwischen der Schweiz und einem afrikanischen, asiatischen oder lateinamerikanischen Land verstanden. Die FIZ-Mitarbeiterinnen erklärten die Ursachen von «Frauenhandel» weitgehend mit dem weltweiten wirtschaftlichen Entwicklungsgefälle. Armut und zunehmende Verelendung weiter Teile der «Dritten Welt» wurden als Hauptgründe bezeichnet, welche Frauen dazu zwangen, ihre Heimat zu verlassen und sich unter menschenunwürdigen Verhältnissen in den Industrienationen als Tänzerinnen, Ehefrauen oder Prostituierte zu verdingen.

Der Zusammenbruch der Rohstoffpreise auf dem Weltmarkt und die daraus hervorgegangene Schuldenkrise, waren wichtige Erklärungsansätze, um die Entstehung von «Frauenhandel» zu analysieren. Früh engagierte sich das FIZ in der Diskussion um die Rolle von Weltbank und Internationalem Währungsfonds und den sozioökonomischen Konsequenzen ihrer neoliberalen Wirtschaftspolitik. Die Strukturanpassungsprogramme, welche die Entwicklungsländer als Gegenleistung für die gewährten Kredite durchführen mußten, hatten die massive sozioökonomische Verschlechterung der Situation von Frauen und Kindern zur Folge. Frauen, mehrheitlich für den Unterhalt ihrer Familien verantwortlich, konnten die Subsistenz nicht mehr leisten und hatten deshalb oft keine andere Wahl, als durch Migration in ein Industrieland sich und ihre Familien über die Runden zu bringen.

«Frauenhandel» wurde in den achtziger Jahren häufig auch mit Sklavenhandel gleichgesetzt, die gehandelten Frauen mit Sklavinnen verglichen, die kaum Möglichkeiten hatten, sich gegen ihr Schicksal zu wehren. Die Ausbeutungssysteme und ihre Profiteure, welche die schwierige wirtschaftliche Situation der «Dritte-Welt»-Staaten ausnutzten und mit den migrierenden Frauen das große Geschäft machten, wurden ebenso entlarvt wie ihre Komplizen in der

Schweiz, die sich mit «Frauenhandel» eine goldene Nase verdienten.

Migrationstheoretisch diente das «Push & Pull-Modell» als Analyseinstrument: Verarmung und wirtschaftliche Verelendung waren die klassischen Push-Faktoren, die Nachfrage nach Billigstarbeiterinnen, willigen Ehefrauen und exotischen Sexarbeiterinnen die Pull-Faktoren. Die beiden Faktoren trieben die Migrantinnen in die Hände der Frauenhändler. Die Mitarbeiterinnen des FIZ integrierten in ihre Analysen auch Ansätze aus der feministischen Diskussion, beispielsweise jene der Bielefelder Forschungsgruppe um Claudia von Werlhof, Maria Mies und Veronika Bennholdt-Thomsen. «Frauenhandel» wurde nicht mehr ausschließlich ökonomisch erklärt, sondern auch als geschlechtsspezifische Ausbeutungsform definiert, der entwicklungspolitische Ansatz unter Berücksichtigung der «gender»-Analyse neu formuliert: Wichtig dabei waren vor allem Mies' Ausführungen zur Internationalen Arbeitsteilung, welche Frauen aus dem Süden zu Billigstarbeiterinnen auf dem internationalen Weltmarkt degradiert: Innerhalb des kapitalistischen Produktionsprozesses werden nach dem neoliberalen Wirtschaftsmodell der Internationalen Arbeitsteilung alle Arbeiten in Lohn- und Nichtlohnarbeit aufgeteilt. Die aus patriarchaler Sicht klassische Form der Nichtlohnarbeit ist die Hausfrauenarbeit. Im neoliberalen Wirtschaftsmodell werden die Arbeiten in den Weltmarktfabriken und freien Produktionszonen, welche vorwiegend Frauen verrichten, mit einem Hungerlohn entgolten. Die Bielefelderinnen bezeichnen diesen Prozeß als «Hausfrauisierung», der impliziert, daß Frauen als billigste, manipulierbarste Lohnarbeitskraft eingesetzt werden können.

Interkulturelles Spannungsfeld und Beratung

Sowohl das «Push & Pull-Modell» wie auch die erwähnte Definition von «Frauenhandel» lassen den betroffenen Frauen wenig Spielraum für eigenständiges und selbstbewußtes Handeln: Im «Push & Pull-Modell» erscheinen die Frauen als von «höheren Kräften» «gestossene» oder «angezogene» Objekte. Der Begriff «Frauenhandel» definiert Migrantinnen implizit als Objekte mit Warencharakter, die ge- und verkauft werden können und Spielbälle von Agenten und Geschäftsherren sind. Solche Analysen fördern eine paternalistische Haltung gegenüber Frauen aus Asien, Afrika und Lateinamerika.

Die Reduktion von Migrantinnen auf gehandelte, verkaufte Frauen löste bei den Migrantinnen, die im FIZ angestellt waren, vehemente Abgrenzungsreaktionen aus. Ihre eigene Migrationsgeschichte und ihre spezifischen Erfahrungen hatten keinen Platz in den vorgeschlagenen Denkmodellen. Je bekannter das Thema «Frauenhandel» wurde, desto stärker sahen sie sich in der Öffentlichkeit in die Rolle der gehandelten, unselbständigen und hilfsbedürftigen Frau aus der «Dritten Welt» gedrängt. Die interkulturellen Auseinandersetzungen im Team haben verdeutlicht, daß der bisherige Erklärungsansatz lediglich einen Teil der migrierten Frauen fokussierte, während der größere Teil der Migrantinnen aus Asien, Afrika und Lateinamerika, die in der Schweiz lebten, unsichtbar blieb. Gemeint sind jene Frauen aus der «Dritten Welt», die in der Schweiz in relativ guten Verhältnissen leben und arbeiten, in funktionierenden Ehen mit Schweizern verheiratet sind und sich weder ausgebeutet noch mißhandelt vorkommen. Diese komplexe Realität zu vermitteln erwies sich als immer schwieriger. Es zeichnete sich die Gefahr ab, durch intensive Öffentlichkeitsarbeit neue Klischees aufzubauen, die den betroffenen Frauen schaden.

Ende der achtziger Jahre erkannte das FIZ die Notwendigkeit, die eigene Beratungsarbeit zu intensivieren. Viele Frauen, die vom FIZ an die öffentlichen Ämter verwiesen worden waren, hatten dort nicht die erforderliche Unterstützung erhalten. Es zeigte sich, daß ein Teil der Migrantinnen durch alle Maschen des öffentlichen Sozialnetzes fielen und mit ihren oft komplexen und vielfältigen Problemen in öffentlichen Ämtern auf wenig Verständnis stießen. Schritt für Schritt wurde das Beratungsangebot des FIZ ausgebaut und professionalisiert. Anfänglich arbeitete eine Schweizerin in der Beratung. Nach einem Jahr stellte das FIZ zusätzlich eine Brasilianerin ein.

Mit zunehmender Erfahrung in diesem Bereich bestätigte sich, was sich schon in der interkulturellen Zusammenarbeit im Team manifestiert hatte: Der Erklärungsansatz, wonach Migration von Frauen aus der «Dritten Welt» in die Schweiz als «Frauenhandel» beschrieben wurde, war unzulänglich und führte auch bei den Klientinnen des FIZ zu Abgrenzungsreaktionen. Sie konnten sich mit diesem Begriff nicht identifizieren und fühlten sich – auch wenn sie in Ausbeutungsverhältnissen lebten – nicht als «gehandelte Frauen». Die interkulturellen Auseinandersetzungen vor allem im Beratungsteam und der bewußte Miteinbezug der eigenen Migrationserfahrungen durch die im FIZ arbeitenden Migrantinnen führten zu einer Veränderung der Wahrnehmung gegenüber den Klientinnen. Ihre Handlungsfähigkeiten, die Entscheide, welche am Anfang ihrer Migrationsgeschichte standen, und der Wille zum eigenen Lebensentwurf wurden erkannt und ernst genommen, das bis zu diesem Zeitpunkt vorherrschende Opfer-Täter-Schema aufgeweicht.

Dies führte in der theoretischen Auseinandersetzung zur Auflösung der Gleichstellung von «Frauenhandel» und Migration. In den teaminternen Diskussionen und den Auseinandersetzungen mit konkreten Problemen der Klientinnen wurde klar, wie problematisch der Begriff «Frauenhandel» ist: Die «gehandelten» Frauen werden nicht als Subjekte ihrer schwierigen Lebenssituationen wahrgenommen. Dadurch wird die sexuelle und/oder häusliche Arbeit, welche sie zur Unterstützung ihrer eigenen Familie leisten, unsichtbar gemacht und verliert jeglichen ökonomischen Wert.

Außerdem schränkt dieser Erklärungsansatz die Männer auf die Rolle der Geschäftsherren ein. Ihre Verantwortung, die sie in diesem Ausbeutungssystem als Freier, Kunden und Ehemänner übernehmen, wird verschleiert.

Es besteht die Gefahr, daß die vom «Frauenhandel» ausgehende Analyse von Frauenmigration – entgegen der ursprünglichen Intention – eine paternalistische und zugleich patriarchale Perspektive festschreibt, indem sie Frauen auf Objekte mit Warencharakter reduziert. Zudem ist «Frauenhandel» ein stark moralisierender Begriff. Er lenkt den Blick zwangsläufig auf die individuelle Ebene der zum Objekt gemachten Frau. Dadurch werden Globalität und Komplexität des Phänomens Migration ausgeblendet.

Die Vortragstätigkeit des FIZ verdeutlichte Anfang der neunziger Jahre, wie der Begriff «Frauenhandel» gutgemeinten, aber in ihren Grundzügen durch und durch paternalistischen Reaktionen Vorschub leistete. Die Tendenz hin zu Einzelschicksalen und weg von Strukturanalysen spiegelte sich auch in der sensationslüsternen Schreibe der Medien, welche mit Blick auf die Verkaufszahlen dieses Thema anhand mitleiderweckender Geschichten abhandelten und abhandeln, statt sich auf differenzierte Hintergrundsdiskussionen einzulassen.

1994, neun Jahre nach der Gründung, veröffentlichte das FIZ in einem seiner Rundbriefe, der Begriff «Frauenhandel» werde nur noch in speziellen, klar definierten Fällen angewendet. Gemäß der neuen Definition spricht das FIZ von «Frauenhandel», wenn eine Migrantin sich in einer Zwangslage befindet, hohe Summen für Vermittlungsdienste an Agenten zahlen muß und mit falschen Versprechungen betrogen wird. Andere Merkmale von «Frauenhandel» sind, daß Frauen in einer Art Leibeigenschaft gehalten werden, bis sie ihre Schulden abgearbeitet haben, oder daß man sie gegen ihren Willen zu gewissen Arbeiten zwingt.

«Frauenhandel» umschreibt somit einen Straftatbestand und eine ganz spezifische, geschlechtsbedingte Ausbeutungsform von Migrantinnen. Menschenhandel wird im Schweizerischen Strafgesetzbuch so definiert, daß das Gesetz einzig bei Migrantinnen greift, welche zur Arbeit im Sexbusineß gezwungen werden. In dieser Hinsicht ist die Definition des FIZ weiterhin umfassender: Es spricht auch von «Frauenhandel» im Falle von Dienstmädchen, Heiratsmigrantinnen oder Gogo-Tänzerinnen, wenn sich die Art und Weise ihrer Migration und die Umstände, in denen sie leben und arbeiten müssen, mit den Definitionspunkten deckt.

Verschiedene Organisationen in anderen europäischen Ländern, welche mit Migrantinnen aus Afrika, Asien und Lateinamerika arbeiten, formulierten in ihren theoretischen Überlegungen ähnliche

Bedenken gegenüber dem Begriff «Frauenhandel» und verlagerten – ähnlich wie das FIZ – ihre Diskussion auf den Begriff Frauenmigration.

In der Beratung rückte die Handlungskompetenz der einzelnen Klientin in den Vordergrund. Ein neues Beratungskonzept, das die «Hilfe zur Selbsthilfe» in den Vordergrund stellte, wurde ausgearbeitet. Die FIZ-Frauen versuchten, einen Arbeitsansatz anzuwenden, der die subjektive Perspektive der Klientin in den Mittelpunkt stellte.

Vom «Frauenhandel» zur Frauenmigration

Die Entwicklungen weg vom Konzept des «Frauenhandels» führten zu einer Erweiterung des Horizonts. In den Diskussionen mit anderen Nichtregierungsorganisationen (NGOs), die sich beispielsweise für AsylbewerberInnen engagieren, wurden Komplexität und Vielfältigkeit des Themas Frauenmigration augenfällig. Die NGOs begannen vermehrt die Kategorisierung von Migrantinnen in Asylbewerberinnen, sogenannte Wirtschaftsflüchtlinge, Gogo-Tänzerinnen und Ehefrauen in Frage zu stellen. Es zeigte sich, daß trotz unterschiedlicher Migrationsformen die Ausgangssituationen der Migrantinnen oftmals sehr ähnlich sind. Auch die Ausbeutungssysteme gleichen sich, unabhängig davon, ob eine Frau als Asylbewerberin oder als Sexarbeiterin migriert.

Anfang der neunziger Jahre wird die Multilateralität des Phänomens Frauenmigration immer deutlicher. Frauen migrieren vermehrt kreuz und quer über den Erdball. Ihre Migrationsrouten gleichen oft Odysseen durch Länder und Kontinente. Manche Frauen bleiben nur kurze Zeit in einem Land, um dann in einem anderen weiterzuarbeiten. Die Zahlen über den Anteil von Frauen unter den weltweiten MigrantInnen, die internationale Organisationen herausgeben oder die einzelnen Studien in Fachzeitschriften zu entnehmen sind, lassen den Schluß zu, daß von einer Feminisierung der Migration gesprochen werden kann: Weltweit machen Frauen einen wachsenden Anteil unter den Migrierenden aus. In gewissen Emigrationsländern stellen sie bereits mehr als die Hälfte. Das «International Labour Office» (ILO) beispielsweise schätzt, daß rund 1,5 Millionen Asiatinnen ins Ausland migriert sind. Jährlich verlassen 800 000 Frauen aus Indonesien, den Philippinen, Sri Lanka und Thailand ihre Heimat, um im Ausland zu arbeiten. Bereits 1988 machten Frauen 80 Prozent der indonesischen EmigrantInnen aus. Im Sommer 1995 waren beim Arbeitsministerium in Manila 6,5 Millionen «Overseas Contract Workers» registriert. Frauen stellten mit 47,1 Prozent beinah die Hälfte.

Auch aus anderen Gegenden der Welt verlassen mehrheitlich Frauen ihre Heimat, um im Ausland Arbeit zu finden. Es gibt beispielsweise in der Dominikanischen Republik Dörfer und Städte, die von den Geldüberweisungen der Migrantinnen leben: So arbeiten von den 15 000 EinwohnerInnen der kleinen Stadt Vicente Nobles 4 000 Frauen in Europa.

Zahlen zur Migration innerhalb eines Landes weisen in dieselbe Richtung. Ein Beispiel dafür ist Thailand: Bereits Ende der siebziger Jahre waren Frauen unter den BinnenmigrantInnen in der Mehrheit.

Auf offizieller Ebene wird Frauenmigration bis heute nur beschränkt wahrgenommen. In vielen Ländern fehlen Frauen in den offiziellen Migrationsstatistiken. Spezifische Bedingungen weiblicher Migration, ihre Hintergründe und Zusammenhänge werden selten in migrationspolitische Entscheide einbezogen. So wird die Heirat einer Asiatin mit einem Schweizer in der offiziellen Migrationspolitik immer noch als Privatangelegenheit zweier Personen angesehen und nicht als Strategie einer asiatischen migrationswilligen Frau. Durch die Aberkennung der spezifischen Formen weiblicher Migration finden die Probleme von Migrantinnen im Zielland kaum Eingang in migrationspolitische Überlegungen. Maßnahmen und gesetzliche Veränderungen, welche die Situation der Migrantinnen verbessern würden, haben deshalb politisch einen schweren Stand.

Ursachen von Frauenmigration

Die Frage nach den Ursachen der Frauenmigration drängte sich sowohl durch die Beratung als auch durch die interkulturelle Zusammenarbeit auf neue Weise auf.

Der entwicklungspolitische Ansatz und das «Push & Pull-Modell» lassen etliche Fragen offen: Ein Blick auf die weltweiten Migrationsströme verdeutlicht, daß Menschen nicht aus allen Ländern der «Dritten Welt» migrieren und nicht unbedingt aus den ärmsten. So hat beispielsweise bis heute aus etlichen verarmten afrikanischen Ländern keine großangelegte, internationale Emigration stattgefunden. In Südkorea hingegen, einem Staat mit weltweit höchsten Wirtschaftswachstumsraten, fiel die Emigrationswelle der siebziger Jahre in die Periode des Wirtschaftsbooms. Die Wirtschaft von Ländern mit hoher Auswanderungsrate wuchs in den siebziger Jahren um 5 bis 9 Prozent.

Zu jenen WissenschaftlerInnen, die das «Push & Pull-Modell» erweiterten, gehört die in den USA lehrende Migrationsforscherin Saskia Sassen. An den Beispielen der, neben Europa, weltweit wichtigsten Immigrationsziele, den USA und Japan, verdeutlicht sie, wie die Globalisierung der Wirtschaft mittels Direktinvestitionen Migration beeinflußt. Sassen verneint nicht, daß Armut Migration auslösen kann. Größere Bedeutung spricht sie aber den Brücken zu, die von der internationalisierten Wirtschaft zwischen Sende- und Zielländern geschaffen werden.

Am Beispiel der USA zeigt sie auf, daß nicht das Immigrationsgesetz aus den sechziger Jahren zu einem erneuten Einwanderungsschub beigetragen hat, sondern vielmehr die wirtschaftlichen und militärischen Aktivitäten der USA in Asien und im karibischen Raum sowie die Tatsache, daß die USA seit den sechziger Jahren eine zentrale Rolle in der wirtschaftlichen Entwicklung von Ländern der «Dritten Welt» übernommen haben. Dadurch, so die Hauptthese von Sassen, schufen die USA Bedingungen, welche Menschen zur Migration mobilisierten. Die Brücken für die künftigen MigrantInnen wurden sowohl durch Direktinvestitionen vor Ort wie auch durch die Förderung einer exportorientierten Wirtschaft geschaffen. Diese beiden wirtschaftlichen Maßnahmen wirken also nicht migrationshemmend – wie allgemein behauptet wird –, sondern lösen Migration erst recht aus.

Gleichzeitig hat in den USA eine Internationalisierung der Produktion stattgefunden. Der Arbeitsmarkt hat sich verändert, indem unter anderem das Angebot an schlechtbezahlten, unqualifizierten Jobs zugenommen hat, die Arbeit flexibilisiert und in den informellen Sektor verlagert worden ist. Diese Entwicklungen haben eine große Nachfrage nach legalen oder illegalen ImmigrantInnen geschaffen, die bereit waren, für wenig Lohn in ungeregelten Anstellungsverhältnissen zu arbeiten.

Die Auswirkungen von Direktinvestitionen auf Migration lassen sich auch am Beispiel Japans nachweisen: Die rund 300 000 ImmigrantInnen, die sich 1988 illegal in Japan aufhielten, stammten vorwiegend aus Südkorea, Taiwan, Thailand und den Philippinen: aus Ländern also, wo Japan seit Mitte der achtziger Jahre als wichtigster Geldgeber in exportorientierte Unternehmen im Bereich der Auto- und Elektronikindustrie investiert hatte.

Ein wichtiger Wirtschaftszweig der internationalisierten Ökonomie ist der Tourismus. Daß auch er Brücken zwischen Sende- und Zielländern schlägt und migrationsfördernd wirkt, zeigt unter anderem die FIZ-Statistik: Die Hauptherkunftsländer der FIZ-Klientinnen stimmen mit den Hauptdestinationen des schweizerischen Ferntourismus überein.

Weitere migrationsfördernde Begleiterscheinungen der globalisierten Wirtschaft sind die Zerstörung der traditionellen Dorfgemeinschaften und Familienstrukturen sowie die Akkulturierung der Bevölkerung an die westeuropäische oder anglo-amerikanische Kultur. Die exportorientierte Wirtschaft verlangt Monokulturen und die Zentralisierung der Landwirtschaft. Daher müssen viele Kleinbauern und -bäuerinnen ihr Land verkaufen und werden zu, meist saisonalen, Landwirtschafts-MigrantInnen. Dadurch geraten traditionelle Dorfgemeinschaften aus den Fugen. Die junge Generation findet im

Dorf keine Arbeit mehr und sieht sich gezwungen, entweder in die inländischen Wirtschaftszentren oder ins Ausland zu migrieren.

In den Freihandelszonen und multinationalen Unternehmungen werden den Migrantinnen vermehrt westliche Werte vermittelt. Leuchtreklamen, Medien und Einkaufszentren preisen Konsum, Luxus und den westlichen «Way of Life» als erstrebenswert an. Je mehr sich Lebensstil, Wünsche und Bedürfnisse der Migrantinnen von denjenigen ihrer Familien und Dorfgemeinschaften unterscheiden, desto größer ist die Bereitschaft, ins Ausland zu migrieren.

Die Erfahrungen des FIZ, aber auch anderer in diesem Bereich aktiven NGOs bestätigen die Zusammenhänge zwischen ökonomischer Globalisierung, Akkulturierung, Zerfall der Familienstrukturen und Migration: In den Gesprächen mit FIZ-Klientinnen wurde deutlich, daß viele von ihnen zuerst ihr Heimatdorf verlassen und in einem der inländischen Wirtschaftszentren gearbeitet hatten. Häufig sind vor ihnen bereits andere Familienangehörige migriert. Etliche Frauen wuchsen in prekären familiären Verhältnissen auf und waren früh auf sich gestellt.

Netzwerke der Migration

Sind die Brücken zwischen Sende- und Zielland geschlagen, entwickeln sich oft eigendynamische Migrationsstrukturen. Je zahlreicher und je länger Frauen emigrieren, desto ausgeprägter sind die Netzwerke, die zwischen Sende- und Zielland aufgebaut werden. Diese Netzwerke dienen dem gegenseitigen Informationsaustausch, der Arbeitsvermittlung und Migrationshilfe. Es ist beispielsweise bekannt, daß es Dörfer in der Dominikanischen Republik oder in Thailand gibt, aus denen junge Frauen mehrheitlich in die Schweiz migrieren. Über bereits emigrierte Verwandte, Freundinnen und Bekannte lassen sich migrationswillige Frauen Arbeitsstellen und Ehemänner vermitteln. So sind in gewissen Dörfern der Dominikanischen Republik die jungen Frauen bestens über die Arbeitsbedingungen in einzelnen Schweizer Nachtclubs informiert.

Oftmals wird von bereits Migrierten erwartet, weiteren Familienangehörigen den Sprung nach Europa zu ermöglichen. Trotz der vielfach negativen Erfahrungen, die Frauen im Zielland machen, hüten sie sich davor, diese Informationen ins Netzwerk einzuspeisen: Denn Migration bedeutet für die meisten Frauen einen Karrieresprung in der sozialen Hierarchie, den kaum eine aufs Spiel setzt. Außerdem sind sich Migrantinnen bewußt, daß ihnen in ihrem Heimatland schwerlich bessere Alternativen zur Verfügung stehen. Deshalb verhelfen sogar Migrantinnen, die im Zielland in extremen Ausbeutungsverhältnissen leben und arbeiten, ihren Verwandten und Bekannten zur Migration.

Dynamik von Migrationsströmen

Parallel zu den weltweiten politischen und sozioökonomischen Entwicklungen verändern sich auch die Migrationsströme. Begriffe wie Sende- und Zielland sind von zeitlich beschränkter Gültigkeit. Länder, die ursprünglich traditionelle Immigrationsländer waren, so beispielsweise Brasilien im 19. Jahrhundert, entwickeln sich zu Emigrationsländern. Traditionelle Emigrationsländer wie die Schweiz oder Thailand werden aufgrund ihrer ökonomischen Entwicklung zu attraktiven Zielländern. Parallel zum ökonomischen Anschluß von Ländern an den Weltmarkt werden neue Sendeländer erschlossen. Als Beispiele gelten Kambodscha und Burma in Südostasien, aus denen in den letzten Jahren die Migration von Frauen stark zugenommen hat.

Auch die Entwicklungen in Europa veranschaulichen die Dynamik der Frauenmigration: Nach der Wende im Jahre 1989 hat sich das internationale Migrationsmuster auf unerwartete Weise geändert. Einige ehemalige Ostblockstaaten sind mittlerweile sowohl Sende- als auch Zielländer: Während ein Teil ihrer Bevölkerung in den Westen emigriert, reisen MigrantInnen aus Ländern der «Dritten Welt» oder umliegenden, wirtschaftlich schwächeren Ex-Ostblockstaaten ein. Klassische europäische Emigrationsländer wie Italien, Spanien und die Türkei haben sich ebenfalls zu Zielländern entwickelt. Tausende Frauen und Männer aus Albanien, den Philippinen und verschiedenen afrikanischen Ländern migrierten nach Italien; nach Spanien begeben sich vor allem MigrantInnen aus dem

Maghreb, und die Türkei wurde zur begehrten Destination für EinwanderInnen aus Rumänien, Bulgarien und verschiedenen Staaten der ehemaligen Sowjetunion.

Diese Dynamik stellte an das FIZ die Anforderung, sich immer wieder auf neue Kulturen und Migrationsbedingungen einzulassen. Gerade im Falle der aufkommenden Migration von Frauen aus dem ehemaligen Ostblock in die Schweiz galt es, sich trotz offensichtlich ähnlichen Migrationsformen vor Verallgemeinerungen und Pauschalisierungen zu hüten. Eine russische Tänzerin beispielsweise kann nicht mit einer Tänzerin aus der Dominikanischen Republik gleichgesetzt werden. Obschon beide Frauen in ähnlichen Ausbeutungssituationen leben und arbeiten, können sich Unterschiede in Hautfarbe, Geschichte ihrer Herkunftsländer und Bildungsniveau auf ihre Lebens- und Arbeitsbedingungen in der Schweiz auswirken.

Wahrnehmung von Differenz und Gemeinsamkeit

1995, im Jahr des Zehn-Jahr-Jubiläums, arbeiteten im FIZ zwei Schweizerinnen und drei Migrantinnen. Durch die interkulturelle Zusammensetzung der Mitarbeiterinnen wird die Auseinandersetzung mit Frauenmigration und den Migrantinnen im Team gespiegelt. Die gewonnenen Erfahrungen und Erkenntnisse fließen fortwährend in migrationstheoretische Überlegungen ein.

Fragen, die sich in der interkulturellen Zusammenarbeit, aber auch aufgrund der Erfahrungen mit den FIZ-Klientinnen zunehmend aufdrängten: Welche Paradigmen sind für Wahrnehmung von Differenzen und Gemeinsamkeiten ausschlaggebend? Klasse, Geschlecht, Hautfarbe oder Kultur? Obschon das Phänomen Migration – gerade auch in der Öffentlichkeit – zum Schluß verleitet, daß unterschiedliche kulturelle Herkunft zu den größten Differenzen und Schwierigkeiten in der Kommunikation zwischen Migrantinnen und der Gesellschaft des Ziellandes führt, zeigen die Erfahrungen des FIZ, daß dies nur auf den ersten Blick und in ersten Begegnungen zutreffen mag. In der intensiveren interkulturellen Auseinandersetzung scheinen Faktoren wie Geschlecht, Hautfarbe und Klasse ausschlaggebender für die Wahrnehmung von Differenzen und Gemeinsamkeiten zu sein. Mit anderen Worten: Eine weiße Mittelschichtsfrau aus Brasilien teilt mit einer weißen Mittelschichtsfrau aus der Schweiz mehr Gemeinsamkeiten als mit einer schwarzen Brasilianerin, die in einer Favela – Elendsviertel – lebt.

Ausblick

Es scheint der Bevölkerung in den Zielländern schwerzufallen, den paternalistischen Ansatz gegenüber Migrantinnen aufzugeben: Noch ist ein nicht moralisierender, unpaternalistischer Umgang mit Migrantinnen auf allen Gesellschaftsebenen selten. Weigert sich eine Migrantin, die Opferrolle zu übernehmen, und bekundet sie ihren Willen zu Unabhängigkeit und Selbständigkeit, läuft sie Gefahr, mit Ab- und Ausgrenzungen konfrontiert zu werden. Dies nicht nur von seiten ihres Partners oder Ehemannes, sondern ebenso von seiten der Beratungsstellen und Institutionen, an die sie sich wendet.

Brasilien: Vom Einwanderungs- zum Auswanderungsland

Bis Mitte des 20. Jahrhunderts war Brasilien begehrtes Ziel von MigrantInnen. Ende dieses Jahrhunderts gilt es als der höchstverschuldete Staat innerhalb der Länder der «Dritten Welt». Tausende BrasilianerInnen migrieren vom Land in eine der Metropolen oder ins Ausland. Unter den MigrantInnen waren schon immer zahlreiche Frauen.

Brasilien, der größte Staat Lateinamerikas, ist bekannt als Auswanderungsland. Allein 1987 haben rund 700 000 Menschen Brasilien verlassen. Laut Schätzungen ist die Auswanderungsrate seither um 20 Prozent pro Jahr gestiegen und steigt weiterhin an.

Brasilien war nicht immer ein Land, dem die Menschen den Rücken zukehrten. Bis Mitte des 20. Jahrhunderts wanderten Hunderttausende aus der ganzen Welt nach Brasilien aus.

Die Migration nach Brasilien begann im Jahre 1500, als ein portugiesisches Expeditionsschiff an der brasilianischen Küste landete. Während der nächsten Jahrhunderte entwickelte sich Brasilien, nunmehr eine portugiesische Kolonie, zum Anziehungspunkt für Menschen aus verschiedensten Ländern. Dies lag vor allem an seinem Reichtum an Bodenschätzen und Rohstoffen sowie am Bestreben Portugals, daraus den größtmöglichen Profit zu schöpfen.

Schätzungsweise zehn Millionen Menschen migrierten als SklavInnen nach Brasilien. Sie wurden aus verschiedenen afrikanischen Ländern wie beispielsweise Angola nach Brasilien verschifft, wo sie auf Kaffee- und Zuckerrohrplantagen arbeiten mußten. Ihre Arbeitsbedingungen waren so hart, daß die meisten nicht länger als zehn Jahre überlebten. Die Kolonialherrscher wußten sehr wohl, wie wichtig der Beitrag der SklavInnen für ihre Politik der Gewinnmaximierung war: Nicht umsonst wurden letztere als «Hände und Füße der Herren» bezeichnet und Angola als «das Rückgrat der Fabriken in Brasilien».

In den Jahrhunderten nach der Eroberung durch Portugal gab es immer wieder Wellen von «freiwilligen Einwanderungen». Als beispielsweise im 18. Jahrhundert in Brasilien die weltweit größten Goldreserven entdeckt wurden, strömten Zehntausende aus Europa nach Minas Gerais, dem Goldgebiet nördlich von Rio de Janeiro. In den hundert Jahren zwischen 1700 und 1800 sind so viele Menschen eingewandert, daß sich die Bevölkerung verelffachte. Allein im Jahre 1800 haben 200 000 Menschen Portugal verlassen. Wenige Jahre später, als Napoleon Portugal besetzte, ist der portugiesische König mitsamt seinem Hofstaat und etwa 15 000 Menschen auf britischen Schiffen nach Brasilien geflohen.

Während Brasiliens Wirtschaft prosperierte, verarmten im 19. Jahrhundert in Europa breite Bevölkerungsschichten. Zahlreiche Familien wußten sich nach mehreren Mißernten nicht zu ernähren. Viele, die in die Fabriken der Städte zogen, verloren ihre Arbeitsstellen. Ihnen blieb als Hoffnung nur die Auswanderung.

So sind im Laufe des 19. Jahrhunderts Hunderttausende von EuropäerInnen in Länder migriert, wo Aussicht auf Arbeitsmöglichkeiten bestand. Etliche entschieden sich für Brasilien, was den brasilianischen Großgrundbesitzern gelegen kam. Denn schon vor 1888, als die Sklaverei in Brasilien abgeschafft wurde, war die Einfuhr von SklavInnen verboten worden. Dies hatte zur Folge, daß ein einzelner «starker, gutgebauter Afrikaner» mehr kostete als der Transport einer Großfamilie aus Europa.

Frauen und Männer aus Deutschland sind in zwei Schüben nach Brasilien ausgewandert, ihnen folgten Menschen aus Polen und Italien. Die Migration von Europa nach Brasilien hielt bis nach dem Zweiten Weltkrieg an. In gewissen brasilianischen Städten entstanden italienische, arabische, jüdische und japanische Viertel. Aus Japan sind so viele Menschen migriert, daß heute die größte japanische Stadt außerhalb Japans in Brasilien liegt.

Unter den europäischen MigrantInnen des 19. Jahrhunderts befanden sich zahlreiche SchweizerInnen. Die Rezession, wie man es heute nennen würde, erfaßte damals auch die Schweiz. Ausgerechnet die Kartoffel, das wichtigste Grundnahrungsmittel für arme Familien, verfaulte in vielen Gebieten. Familien, die ausschließlich vom Ertrag ihrer kleinen Äcker lebten, wußten weder aus noch ein. Jene, die eine schlechtbezahlte Arbeit in einer Baumwollspinnerei oder -weberei gefunden hatten, waren ebenfalls in einer Notlage gefangen: Da sich die Baumwolle verteuerte und die englische Konkurrenz zunahm, schlitterte die gesamte, exportorientierte Baumwollverarbeitungsbranche in eine Krise und entließ zwecks Kostenabbaus massenhaft Angestellte.

Den verarmten SchweizerInnen muß es wie ein Geschenk des Himmels vorgekommen sein, als sie zum ersten Mal von den vielversprechenden Arbeitsmöglichkeiten in Brasilien hörten. Eigens aus Brasilien angereiste Agenten oder europäische Vertreter von brasilianischen Plantagenbesitzern tourten durch die Schweiz, um PflanzerInnen anzuheuern. In Vorträgen, die sie vor Gemeindeversammlungen hielten, malten sie aus, wie profitträchtig sich die Arbeit als Kolonist auf einer der Kaffeeplantagen entwickeln könnte, und betonten, daß man eigenes Pflanzland zugeteilt erhalte und die Reisekosten später zurückerstattet bekomme. Es gab eine spezielle Zeitschrift: «Der Kolonist». Darin wurden Briefe von jenen veröffentlicht, die den Sprung ins Ungewisse gewagt hatten. Die Auswanderer zeichneten das Bild eines Paradieses, wo es jeden Tag Fleisch auf dem Teller gibt und immer die Sonne scheint. Zudem wiederholten sie mehrmals, wie glücklich sie seien, endlich den trostlosen schweizerischen Verhältnissen entronnen zu sein.

Die Verantwortlichen der verarmten Gemeinden waren erleichtert, daß sich eine Möglichkeit abzeichnete, die Gemeinde von der wachsenden Last durch die Armengenössigen zu befreien. In gewissen Gemeinden wurden sogar die eigenen Wälder abgeholzt, um mit dem Erlös aus dem Verkauf des Holzes den Auswanderungswilligen die Reisekosten vorschießen zu können.

So packten Tausende SchweizerInnen, Familien oder alleinstehende Frauen und Männer, ihr bescheidenes Bündel und machten sich auf den Weg. Sie verbrachten mehrere Wochen auf einem Schiff, oft unter unsäglichen Bedingungen was Verpflegung und medizinische Versorgung betraf. In Brasilien angekommen, fühlten sich die meisten hintergangen. Jene Gruppen, denen die Agenten eine Arbeit auf der gleichen Plantage versprochen hatten, wurden auf verschiedene, weit voneinander entfernte Plantagen verteilt. Die Reise von der Hafenstadt bis zur Plantage war beschwerlich und mußte selbst bezahlt werden. Außerdem zeigte sich, daß sie für die gesamten Reisekosten aufkommen mußten: Viele erreichten ihren künftigen Arbeitsort erheblich verschuldet.

Die Arbeitsbedingungen entsprachen in der Regel nicht den Versprechungen der herumreisenden Agenten. Nach der ersten Kaffeebohnenernte und der Ausbezahlung des erwirtschafteten Erlöses stellten viele SchweizerInnen mit Entsetzen fest, daß ihr Schuldenberg sich nicht verringert, sondern vergrößert hatte. Einige wurden gezwungen, ihre Lebensmittel im plantageneigenen Laden statt in einer nahegelegenen Stadt zu kaufen. Dort war es ihnen verboten, dem Abwägen der gekauften Güter zuzuschauen. Briefe von kritischen KolonistInnen wurden zensuriert, und Besuche anderer Plantagen waren nur mit schriftlicher Bewilligung erlaubt.

Wenige hatten die Kraft, den Mut oder die Fähigkeit, sich gegen diese unmenschlichen Bedingungen aufzulehnen. Die Plantagenbesitzer waren sich der Unzufriedenheit ihrer PflanzerInnen bewußt. Immer wieder verstanden sie es, die Leute zu besänftigen, gegeneinander auszuspielen oder einzelne zu bedrohen und zu bestrafen.

Einigen gelang es trotz aller Schikanen, Briefe in die Schweiz zu schicken und von den wahren Umständen zu berichten. Monate verstrichen, bis die Schweizer Behörden deren Inhalt ernst nahmen und einen Mann nach Brasilien schickten, um vor Ort zu recherchieren. Der Bericht, den er nach seiner Rückkehr verfaßte, löste eine Welle der Empörung aus. Die von ihm aufgezählten Mißstände waren monatelang Thema in den damaligen Medien und zwangen die Behörden in der Schweiz, bei der brasilianischen Regierung zu protestieren.

Genützt hat dies wenig. Viele der in Kaffeeplantagen angestellten SchweizerInnen konnten sich noch jahrelang nicht von ihren Schulden befreien und waren weiterhin gezwungen, auf den Plantagen zu arbeiten. Als sie nach langwierigen Verhandlungen frei kamen, endeten die meisten von ihnen als IndustriearbeiterInnen in den brasilianischen Städten.

Brasilien, das Land, von dem arme EuropäerInnen im 19. Jahrhundert träumten, ist heute der höchstverschuldete Staat innerhalb der Länder der «Dritten Welt». 1992 betrugen die Schulden 119,2 Milliarden Dollar. Die gigantische Verschuldung ist hauptsächlich das Resultat der Wirtschaftspolitik der Militärjunta, die das Land zwischen 1964 und 1984 um jeden Preis modernisieren wollte. Mit Hilfe von Krediten wurden riesige Infrastrukturprojekte wie die Transamazonica, eine 400 Kilometer lange Straße durch den Urwald, oder das größte Wasserkraftwerk der Welt, der Itaipu-Staudamm, verwirklicht.

Der Präsident der Weltbank hat sich zum ersten Mal dafür entschuldigt, daß bei Projekten für eine nachhaltige und umweltschonende Wirtschaftsentwicklung in Brasiliens Amazonasregion viele Fehler begangen worden sind. Im Teilstaat Rondonia war noch zur Diktaturzeit mit einem Kredit von 65,2 Millionen Dollar das sogenannte Projekt «Polonoreste» gestartet worden, das als eines der größten Umweltdesaster Brasiliens gilt. (Neue Zürcher Zeitung, 1995)

In den sechziger Jahren galt Brasiliens Wirtschaft mit einer Wachstumsrate von zeitweise 25 Prozent als das ökonomische Wunder Lateinamerikas. Die Militärregierung ergänzte ihre «Wirtschaftsbemühungen» mit einer Agrarreform besonderer Art: Sie schuf ein «Institut zur Durchführung der Agrarreform». Dieses verteilte das Land nicht an die Kleinbauern und -bäuerinnen, sondern verjagte diese von deren Boden und erstattete die Ländereien enteigneten

GroßgrundbesitzerInnen zurück. Die besitzlos gewordenen Kleinbauern und -bäuerinnen versuchten, als LandarbeiterInnen zu überleben, oder migrierten zu Tausenden in die Städte. Die dramatischen Ausmaße der Landflucht widerspiegeln sich in folgenden Zahlen: Während 1960 erst 45 Prozent der Bevölkerung in den Städten lebten, waren es dreißig Jahre später 77 Prozent.

Die Rechnung für die beim «Internationalen Währungsfond» (IWF) und bei der Weltbank aufgenommenen Kredite bezahlt bis heute die Bevölkerung. Um die Schulden zurückerstatten zu können, erließ die brasilianische Regierung immer wieder drastische Maßnahmen. Sie entwertete die Währung, fror die Löhne ein und strich zahlreiche staatliche Subventionen. Als Folge hat sich ein wachsender Anteil der Wirtschaft in den informellen Sektor verlagert. Arbeitslosigkeit und Massenverarmung breiten sich aus. 1991 gab es in Brasilien dreieinhalb Millionen Arbeitslose. 11,6 Prozent der Arbeitskräfte verdienen monatlich den Minimallohn von hundert US-Dollar. 61 Prozent der arbeitsfähigen Bevölkerung müssen mit zwei Minimal-Monatslöhnen auskommen. Während sich 1989 eine Person mit 171 Arbeitsstunden pro Monat die lebensnotwendigen Güter kaufen konnte, mußte sie 1990 dafür bereits 214 Stunden arbeiten.

In keinem Land der Welt ist die Kluft zwischen Arm und Reich so groß wie in Brasilien, wo 10 Prozent der Bevölkerung beinah die Hälfte des Volkseinkommens besitzen, während ungefähr 40 Millionen Menschen unter der Armutsgrenze leben.

Unter Verschuldung und Verarmung leiden vor allem die brasilianischen Kinder. Millionen von Kindern gehen in Brasilien einer Arbeit nach, und fast eine Million Familien hängt von deren Einkommen ab. Viele Kinder verbringen ihr Leben auf den Straßen der Großstädte und werden nicht selten von sogenannten Todesschwadronen bedroht und verfolgt. Unter den Millionen KinderarbeiterInnen soll es rund 500 000 Mädchen geben, die sich prostituieren müssen. Sie stammen nicht nur aus den Favelas, sondern immer häufiger aus der ebenfalls verarmten Mittelschicht.

Der Nordosten Brasiliens ist besonders von der Armut betroffen: Er gehört zu den unterentwickeltsten Gebieten auf der westlichen Halbkugel. Der Nordosten umfaßt einen feuchten Küstenstreifen sowie eine trockene Zone im Landesinneren. Der Sertão, wie die Steinwüste im Inneren heißt, wird periodisch von Dürren heimgesucht.

Am größten und gleichzeitig unspektakulärsten ist der Hunger jedoch entlang der fruchtbaren Küstenzone. Die Misere begann 1630, als die «Dutch West India Company» die Nordostküste eroberte, um sich einen Anteil an der Zuckerproduktion zu sichern. Sie transportierte SklavInnen und Zuckerrohrwurzeln in den Nordosten und stellte dort Raffinerien auf. 24 Jahre später, als die «Dutch West India Company» vertrieben wurde, hinterließ sie eine von der Zuckermonokultur ausgelaugte Erde. Gleichzeitig wanderten Kapital und Menschen in das Goldgebiet Minas Gerais ab. Die Nordostküste sank in Vergessenheit.

Auch in den Jahren des Wirtschaftsbooms im 20. Jahrhundert konzentrierte sich das Kapital auf das südlich gelegene Dreieck Rio de Janeiro, Belo Horizonte und São Paulo. Bis heute besitzen 15 000 Großgrundbesitzer die Hälfte des gesamten Bodens im Nordosten und leisten sich noch den Luxus, einen Großteil ihrer Ländereien brachliegen zu lassen, statt diese für die wenig lukrative Nahrungsmittelproduktion zu nutzen. Deshalb werden Nahrungsmittel vom Süden in den Nordosten transportiert, was diese unnötig verteuert. Für die Großgrundbesitzer ist diese Vergeudung kein Problem; für Millionen von Menschen, die im Nordosten leben, wird das Überleben jedoch von Tag zu Tag schwieriger.

Wir haben nur einmal pro Tag gegessen. Wenn es nichts gab, gingen wir früh schlafen. Wir waren 19 Personen, drei hatten Arbeit. Alle lebten wir aus einem Topf. (Erinnerung einer Frau, deren Eltern sich als LandarbeiterInnen auf einer Plantage im Nordosten verdingten.)

Wie früher die verarmten SchweizerInnen, so hoffen heute etliche der landlosen Bauern und Bäuerinnen im brasilianischen Nordosten auf die Migration als Überlebensstrategie. Um die Situation der Großfamilie zu verbessern, migrieren in der Regel zuerst einzelne Familienmitglieder in eine Küstenstadt oder in die im Dschungel gelegenen Goldgräbergebiete in Para oder Amapa. Unter den Migrierenden befinden sich viele alleinstehende, junge Frauen. Agenten, die bei verarmten LandarbeiterInnen auftauchen, locken deren Töchter mit einer Stelle in einem Restaurant in die Goldgräbergebiete. Andere Mädchen haben von «tollen Verdienstaussichten» gehört und machen sich selbst auf den Weg.

Prostitution in Goldgräbergebieten ist ein organisiertes und lukratives Geschäft. Allein im Minengebiet Para sollen 300 000 Mädchen zwischen 10 und 14 Jahren in Bordellen gehalten werden. In Cuiu-Cuiu, einem 520-Seelen-Nest, in dessen Umgebung 3 500 Männer nach Gold schürfen, verteilen sich entlang zweier staubiger Straßen 32 Barbetriebe und Nachtclubs. 65 Mädchen verkaufen in Cuiu-Cuiu ihren Körper gegen Gold. In gewissen Gegenden gibt es BordellbesitzerInnen, die Jungfrauen öffentlich oder per Telefon versteigern. Die Söhne reicher Unternehmer, die sich auf diese Weise eine Jungfrau leisten, gelten als Helden. Unter dem Vorwand, sie hätten zuerst ihre Reisekosten abzustottern, wird den Mädchen der Lohn verweigert. Die meisten von ihnen sind krank, mangelhaft ernährt und geschwächt von Abtreibungen. Viele haben psychische Probleme. Wer trotzdem die Kraft aufbringt, sich zu wehren, wird geschlagen oder auf andere Art «zur Raison» gebracht. Einige versuchen zu fliehen. Doch die Flucht aus den abgelegenen Siedlungen gelingt selten: Die jungen Frauen müssen tage- und nächtelang durch den Urwald laufen. Wer von korrupten Polizisten geschnappt wird, hat mit harten Strafen zu rechnen. Eine junge Frau wurde zur Bestrafung 518 Mal in einem Monat zur «Liebesfron» gezwungen. Einige Mädchen bezahlten sogar mit dem Leben.

Junge Frauen aus dem Nordosten migrieren ebenfalls zu Tausenden in eine der Küstenstädte und landen meistens auf der Straße. Recife, eine Zwei-Millionen-Metropole an der nordöstlichen Küste, wurde

1990 zur schlimmsten Stadt Lateinamerikas «gekürt». 40 Prozent der EinwohnerInnen sind AnalphabetInnen. 70 Prozent der Bevölkerung wohnen in Favelas. 300 000 Kinder verbringen ihr Leben auf der Straße, täglich werden drei von ihnen durch Todesschwadronen umgebracht.

Die Armut zwingt Tausende von Mädchen zwischen sechs und zwanzig Jahren zur Prostitution. Sie stammen fast alle aus vaterlosen Familien. Dies reflektiert die Tatsache, daß Frauen schätzungsweise die Hälfte aller Haushalte in Nordostbrasilien allein führen. Viele Mädchen wurden bereits als Dienstmädchen oder von männlichen Verwandten sexuell ausgebeutet. Etliche Mädchen nehmen Drogen oder fügen sich mit Messern Schnittwunden zu, um mit Schmerz die Abscheu vor dem eigenen Körper zu betäuben. Manche sterben vor ihrem 20. Altersjahr.

Recife ist nicht irgendeine brasilianische Küstenstadt. Sie ist eine beliebte Destination für ausländische TouristInnen und das Produkt gezielter Tourismusförderung. Um den Schuldenberg abzutragen, haben die verschiedenen Regierungen das Tourismusgeschäft angekurbelt und Infrastrukturen für den Massentourismus eingerichtet. Bereits 1986 haben die Einnahmen aus dieser Quelle jene aus dem bisher größten Devisenbringer, dem Kaffee, übertroffen.

Gleichzeitig hat sich der Sextourismus ausgebreitet: Das geförderte Klischee der «heißblütigen Brasilianerin» zieht bis heute von überall Männer an, die ihre Ferien mit günstigem, käuflichem Sex verbinden möchten. Abgesehen von Rio de Janeiro, Salvador und Fortaleza, hat sich auch Recife als Sextourismus-Destination einen Namen gemacht. So erstaunt es nicht, daß in einer Chartermaschine, die seit 1984 einmal pro Woche direkt von Düsseldorf nach Recife fliegt, fast ausschließlich Männer sitzen.

Für die jungen Frauen und Mädchen, die sich in Recife prostituieren, sind diese Männer nicht nur zahlungskräftige Freier, sondern auch Hoffnungsträger. Die Touristen, die tagsüber unter einer Palme liegen und abends ein hübsches Mädchen zu einem Drink einladen oder ihr ein Kleid kaufen, nähren die Vorstellung von einem schönen und einfachen Leben in Europa. Kein Wunder, erhalten die Männer, die in Deutschland oder in der Schweiz beispielsweise als Vorarbeiter, Computerfachmann, Buchhalter oder Architekt arbeiten, auf der Strandpromenade von Recife die Aura kleiner Könige.

Deutsche Männer machen unter den ausländischen Touristen in Recife die Mehrheit aus. Sie sind laut Umfragen unter den Prostituierten am beliebtesten, da sie nicht im Ruf stehen, die Frauen auszunützen. Viele Deutsche kehren regelmäßig nach Recife zurück und lernen während ihres Urlaubs die Familien der jungen Prostituierten kennen. Jährlich fliegen rund 150 Frauen aus Recife nach Deutschland, um dort mit ihren künftigen deutschen Ehemännern zu leben.

Ich weiß, daß das Leben in Deutschland hart und einsam ist und die Männer vor allem eine Frau wollen, die alles für sie macht. Aber die deutschen Männer haben trotzdem mehr Respekt vor der Frau als brasilianische Männer. (Eine brasilianische Studentin)

In die Schweiz kommen Brasilianerinnen als Ehefrauen von Schweizern und niedergelassenen Ausländern, als Gogo-Tänzerinnen oder als Touristinnen. Wie viele Brasilianerinnen sich in der Schweiz aufhalten, ist schwer einzuschätzen. Etliche, die als Touristinnen einreisten, bleiben länger als die bewilligten drei Monate in der Schweiz und arbeiten illegal. Viele sind gut ausgebildet und kamen hierher, weil sie in Brasilien keinen Ausweg aus ihrer schwierigen Lebenssituation fanden.

Josete ist eine an der Universität von Salvador ausgebildete Krankenschwester. Sie ist 42 Jahre alt und hat zwei Kinder. Sie ist geschieden und erhält von ihrem Exmann, dem Vater ihrer Kinder, keine Unterstützung. Sie verlor ihre Arbeit und sah nur einen einzigen Ausweg: Brasilien zu verlassen. Sie nahm einen Kredit auf und kaufte sich ein Flugticket in die Schweiz.

Zahlreiche Brasilianerinnen führen in der Schweiz ein erfülltes Leben. Sie gehen einer normalen Arbeit nach oder sind mit einem

Schweizer glücklich verheiratet. Andere hingegen leiden unter den Besitzansprüchen ihrer Ehemänner: Viele Männer reagieren mit Gewalt, wenn sie realisieren, daß sie nicht nur «liebe» und schöne, sondern auch selbstbewußte Frauen geheiratet haben.

Die brasilianischen Frauen bilden zusammen mit den Dominikanerinnen und Thailänderinnen die größte Gruppe von Frauen aus Ländern der «Dritten Welt», die in der Schweiz als Tänzerinnen registriert sind.

Frauenmigration – eine alte Geschichte

Migration ist ein altes Phänomen. Bereits vor Jahrtausenden setzten sich Menschen in verschiedenen Regionen der Erde in Bewegung. Allein oder in einer Gruppe verließen sie ihren angestammten Ort, für immer oder temporär. Immer haben sich unter ihnen Frauen befunden: Als Alleinstehende, Ehefrauen, Freundinnen, Verschleppte, Fliehende waren sie Teil von Migrationsströmen.

Über das Schicksal unserer migrierenden Vorfahrinnen ist wenig bekannt. Sie nahmen an christlichen Kreuzzügen teil und heirateten Männer aus fremden Ländern. «Frauenhandel» blühte bereits im Altertum und war von Anfang an mit Prostitution verknüpft. Im alten Rom hat sich der Mädchenhändler und Bordellbesitzer Cestius Tigellinus mittels Agenten sogar aus Indien und Persien Frauen für sein Bordell beschafft. In Griechenland besaß der Staat das Monopol auf den «Frauenhandel». In Ägypten wurden die Freudenhäuser mit Inderinnen versorgt.

Am besten dokumentiert sind gewisse Formen von Frauenmigration ab Mitte des 19. Jahrhunderts. Damals waren weltweit Millionen von Menschen unterwegs. Obwohl Frauen auch innerhalb von Europa migrierten, wird im folgenden vor allem von Frauen die Rede sein, die Europa zwischen 1850 und 1950 verlassen haben. Mit diesem Schwerpunkt soll verdeutlicht werden, daß Frauenmigration ein geschichtsunabhängiges Gesicht trägt, auch wenn sich die Migrationsrichtung im späteren 20. Jahrhundert diametral geändert hat.

Die Geschichte der Flüchtlingsfrauen soll in diesem Kapitel nicht aufgerollt werden. Sie wurde zwar in Einzelfällen – wie der Jüdinnen im Zweiten Weltkrieg – aufgearbeitet, aber Flüchtlingsströme als solche werden erst seit einigen Jahren geschlechtsspezifisch wahrgenommen und dokumentiert.

Die großen Auswanderungsschübe in Europa konzentrierten sich auf das 19. Jahrhundert. Dies lag an wirtschaftlichen, demographischen und politischen Problemen, die sich in gewissen Regionen Europas bündelten und zur Verarmung breiter Schichten führten. Dazu kamen die Verlockungen durch die in der ganzen Welt annektierten Kolonien.

Eines der Hauptziele der MigrantInnen im 19. Jahrhundert waren die USA. In der zweiten Hälfte des letzten Jahrhunderts sind allein aus Deutschland rund 90 Prozent der fünf Millionen AuswanderInnen nach Amerika aufgebrochen. Das Rekord-Auswanderungsjahr des letzten Jahrhunderts war 1882: 648 000 Menschen haben in jenem Jahr Europa verlassen. Um die Jahrhundertwende wies Portugal eine der höchsten Auswanderungsraten auf. Zwischen 1885 und 1930 verließen eine Million Menschen diesen südlichen Teil Europas und migrierten nach Amerika.

Die Migrationsströme von Europa nach Amerika und in die Kolonien gewisser europäischer Länder waren vorerst von Männern geprägt. Dasselbe gilt für die Migration von Asien nach Amerika: Bis Ende des 19. Jahrhunderts erhielten Migranten aus Korea, China und Japan Zeitverträge für bestimmte Arbeiten nur, wenn sie alleinstehend waren. Erst um die Jahrhundertwende durften sie ihre Familien nach Amerika holen.

Auch aus Portugal migrierten bis 1890 vorwiegend alleinstehende, jüngere Männer in die USA. Sie stammten meistens aus verarmten, ländlichen Gegenden. Das geschlechterspezifische Muster änderte sich in Portugal nach 1890: Denn statt männlicher Individuen reisten vermehrt Familien aus. Der Anteil der Frauen stieg rapide: Im gesamteuropäischen Vergleich gehörte die portugiesische «Frauen-Auswanderungsquote» mit 41 Prozent zu den höchsten. In Griechenland beispielsweise stellten Frauen noch um die Jahrhundertwende lediglich 5 Prozent aller AuswanderInnen. In Italien betrug der Frauenanteil 21 Prozent, in Deutschland 41 Prozent und in England 39 Prozent.

In den vorerst von Männern dominierten Migrationswellen fanden sich stets vereinzelte Frauen, die mit ihren Männern auswanderten. Gutbürgerliche deutsche Frauen begleiteten ihre Gatten in eine der deutschen Kolonien. Frauen aus sozial benachteiligten Schichten emigrierten mit ihren Partnern, weil sie diese in der Heimat nicht heiraten konnten.

Im deutschen Mecklenburg beispielsweise war das Heiraten ab 1830 eine äußerst komplizierte Angelegenheit. Die dort herrschenden Gutsbesitzer wollten mit Heiratsbegrenzungen das Bevölkerungswachstum eindämmen. Gleichzeitig räumten sie nur verheirateten Paaren Recht auf Wohnraum ein. Die Zahl der unehelich geborenen Kinder schnellte in die Höhe. Viele unverheiratete Paare sahen in ihrer repressiven Heimat keine Perspektive mehr und entschlossen sich zur Emigration, worauf sie heiraten durften. Allein im Jahre 1854 haben sich 540 Paare zur Auswanderung entschieden.

Kulturträgerinnen und Arbeitskräfte

Unter den Millionen von Männern, die sich in verschiedenen Teilen der Welt niedergelassen haben, suchten insbesondere die Soldaten zuerst den Kontakt mit einheimischen Frauen. Dadurch lösten sie innerhalb etlicher Kolonien frauenspezifische Migrationen aus. Im damaligen Niederländisch-Indien (heute Indonesien) durfte sich jeder Soldat eine «Eingeborene» halten. 1880 machte von 30 000 Soldaten beinah jeder dritte von diesem Recht Gebrauch. Ihre «einheimischen» Freundinnen hatten Anspruch auf medizinische Behandlung in einer der Militärheilstätten.

Mußten sich in Indien einige hundert englische Soldaten über größere Strecken bewegen, war meist für weibliches Gefolge gesorgt. Die britische Regierung förderte anfangs im von ihr okkupierten Subkontinent binationale Ehen, um das unterworfene Land mittels einheimischer Frauen an sich zu binden. Mit den «Cantonment Overseas Acts», einer Art Regelungen für Übersee, wurde gleichzeitig ein repressiver Rahmen für das von den Briten ebenfalls genährte Bordellwesen geschaffen. Genitaluntersuchungen für Prostituierte im Umkreis von britischen Militärbasen wurden eingeführt.

Sir Captain Richard Francis Burton, ein englischer Abenteurer, der im 19. Jahrhundert einige Zeit in der «East India Company» in Westindien diente, notierte in seinen Tagebüchern, daß sich Frauen aus verschiedensten Teilen des indischen Subkontinents in den Bordellen der westindischen Stadt Baroda für die dort stationierte britische Kompanieeinheit prostituiert hätten. Viele der Prostituierten besäßen ein ausgesprochenes Selbstbewußtsein, da sie mit ihrem Verdienst ihre Familien ernährten. Burton beschrieb die einheimischen «Ehefrauen auf Zeit» dennoch als «so lieb und unschuldig, daß man sich nicht vorstellen kann, während der Ferien nach Europa zurückzufahren». Als «walking dictionaries» seien sie überaus praktisch und führten den landesunkundigen Fremden nebenbei in die Sitten und Gebräuche des Landes ein.

Um die Jahrhundertwende wurden diese Gepflogenheiten in England immer häufiger kritisiert. Einflußreiche Kreise glaubten, daß binationale Ehen der Moral der Soldaten schadeten. Zudem könnte deren Loyalität im Fall einer Auseinandersetzung zwischen England und der jeweiligen Kolonie untergraben werden. Britische Frauenrechtlerinnen begannen, gegen die entwürdigenden Zwangsuntersuchungen von Prostituierten zu kämpfen.

Als Folge der neuen Moral und der politischen Kursänderung wurden zusehends englische Frauen ermuntert, in eine Kolonie zu fahren und dort einen Mann zu heiraten. Burton erwähnte in seinen Aufzeichnungen «ganze Schiffsladungen unverheirateter und unverheiratbarer Frauen», die nach Indien geschickt worden seien.

Deutschland hatte ein ähnliches Problem mit den Kolonialisten, die ohne Frau fern von der Heimat lebten. Es wurde regelmäßig über deutsche Männer berichtet, die in den Kolonien Frauen vergewaltigten, aus Dörfern entführten, und mit anderen Schandtaten den deutschen Ruf schädigten. Die Deutsche Kolonialgesellschaft begann deshalb gezielt, unverheiratete Frauen für eine Arbeit in den Kolonien anzuwerben, und eröffnete unter anderem eine Arbeitsvermittlungsstelle für Hausangestellte.

Nicht jede Bewerberin wurde akzeptiert. Sie mußte kochen,

waschen und bügeln können sowie in der Lage sein, einen einfachen Rock und eine Bluse zu nähen. Bevor die Frauen ihre Reise antraten, erhielten sie Unterricht in Krankenpflege.

Im Jahre 1908 beispielsweise kamen 25 ledige Frauen in der deutschen Kolonie Südwestafrika an. Sie und eine spätere «Ladung» wurden «Mädchen aus der ersten und zweiten Weihnachtskiste» genannt. 1911 waren von insgesamt 158 nach Südwestafrika losgeschickten Frauen bereits 54 verheiratet. Im gleichen Jahr wurde der wirtschaftlichen Frauenschule in Wiesbaden eine Kolonialfrauenschule angegliedert.

Die künftigen deutschen Ehefrauen sollten in den Kolonien nicht nur einen reibungslosen Haushalt garantieren, sondern auch das Bild eines «rechtschaffenen» und vorbildlichen Deutschland verkörpern. Aus den schriftlichen Berichten solcher Frauen geht hervor, daß viele von ihnen die herkömmlichen Vorurteile gegen die Einheimischen zementierten. Sie seien schmutzig und hinterhältig, würden stinken und lügen, heißt es in etlichen Zeitdokumenten.

Verbreitung und Wahrung der Kultur waren auch die Aufgaben der sogenannten «Missionarsbräute». Sie hatten eine «christliche Ehe» vorzuleben und ein Vorbild in Sachen Fleiß, Pflichtbewußtsein und Pünktlichkeit zu sein. Natürlich waren sich die männlichen Missionare bewußt, daß Frauen einen besseren Zugang zu einheimischen Frauen und deren Kindern hatten. Indem ihre Ehefrauen die karitativen Zweige einer Mission – wie Kranken- und Waisenhäuser, Grundschulen und Kindergärten – betreuten, schufen sie Sympathien unter der Bevölkerung und somit günstige Voraussetzungen für eine Bekehrung zum Christentum.

Vor allem deutsche Dienstmädchen erhofften sich von einer Anstellung in den Kolonien eine Verbesserung ihrer sozialen Position. Die Arbeitsvermittlungsstelle für Hausangestellte erhielt in gewissen Zeiten fünfzig Anfragen pro Tag.

In Deutschland hatten Frauen, die als Dienstmädchen arbeiteten, ein hartes Los. Sie schufteten rund um die Uhr und verdienten einen Hungerlohn. Zudem galten Dienstmädchen oft als «heimliche» Prostituierte. Hausherren, deren Söhne und männliche Besucher betrachteten sie als Freiwild. Eine Untersuchung Anfang dieses Jahrhunderts brachte zutage, daß sehr viele männliche Studenten ihre ersten Erfahrungen mit einem Dienstmädchen gemacht haben – gegen dessen Willen, wie einzelne Studenten zugaben.

In den Kolonien mußten die deutschen Dienstmädchen Dreckarbeiten nicht mehr selbst machen, sondern konnten diese an einheimische Bedienstete delegieren. Da sie in den Kolonien allein aufgrund ihrer Herkunft der weißen Herrenschicht angehörten, stiegen sie in der sozialen Hierarchie. Nicht wenige von ihnen heirateten ihren Hausherrn. Andere machten sich nach ein paar Jahren mit dem ersparten Geld selbständig und eröffneten beispielsweise ein Kaffeehaus oder eine Wäscherei.

Ein Stück Heimat und sparen für die Zukunft

Viele Männer, die ihr Glück in den USA gesucht hatten, wünschten sich früher oder später eine Frau aus der jeweiligen Heimat. Jene, die bereits zu Hause geheiratet, aber ihre Frau aus finanziellen oder Sicherheitsgründen nicht mitgenommen hatten, holten diese nach, sobald sie es sich leisten konnten. Für die ledigen Auswanderer bedeutete eine Frau aus der Heimat ein «Stück Vertrautheit». Zudem schätzten sie an ihr die zupackenden Hände.

So schrieb ein deutscher Auswanderer aus Amerika, daß ein Kolonist ganz unumgänglich eine «wackere» Frau brauche, wenn sein Unternehmen «gedeihen» solle. Deutsche Männer, die sich im amerikanischen Bundesstaat Wisconsin niedergelassen hatten, beklagten sich über die hohen Ausgaben für Waschen und Flicken, aber auch über die amerikanischen Frauen, die ständig an sich «herumputzen» würden und eine Kochkunst betrieben, die «chronischem Selbstmord» gleichkomme.

Es waren also deutsche Frauen gefragt. Sie wurden im Heimatland mit Hilfe von Verwandten und Bekannten «rekrutiert». Eine 24jährige Deutsche erhielt beispielsweise über eine Bekannte einen Brief von einem blonden, blauäugigen, 30jährigen deutschen Farmer aus Wisconsin, der eine Gemahlin suchte. Sie überlegte nicht lange und schiffte sich ein, um den Unbekannten zu heiraten. 1896 haben sich allein aus Schlesien sechzig Frauen auf den Weg zu künftigen Ehemännern in Amerika gemacht. Eine Auswanderin erklärte ihrer Freundin in einem Brief, daß mangelnde gegenseitige Sympathie kein unlösbares Problem sei. In diesem Falle werde sie arbeiten und dem Beinah-Ehemann das Geld für die Reise zurückbezahlen.

Alleinstehende junge Frauen aus Deutschland und der Schweiz zog es nicht primär wegen einer Heirat nach Amerika. Sie waren an den vergleichsweise besserbezahlten Arbeitsmöglichkeiten interessiert, die dort für Frauen existierten. Als Lehrerinnen oder als Dienstmädchen in amerikanischen Familien verdienten sie in der Regel zwei- bis viermal soviel wie ihre Kolleginnen in Europa. Amerikanische Familien aus dem aufsteigenden Mittelstand stellten die ausländischen Dienstmädchen gerne an: Denn diese befreiten die Töchter des Hauses von den Lasten der Haushaltspflichten und ermöglichten ihnen somit, im aufkommenden Dienstleistungs- und Industriesektor Karriere zu machen.

Die jungen europäischen Frauen betrachteten ihren amerikanischen Aufenthalt meistens als Übergang zu einer späteren Heirat. Männer habe es zur Genüge in Amerika, schrieb eine junge deutsche Migrantin um die Jahrhundertwende. Wenn andere Frauen Lust hätten, ebenfalls auszuwandern, so würden sie es nicht bereuen. Sie könnten «gutes Geld» verdienen und später «gut» heiraten. Als Frauen mit eigenem Vermögen, Englischkenntnissen und Auslanderfahrung galten die Migrantinnen in Europa als eine «gute Partie».

Tausende koreanische und japanische Frauen haben die Heirat mit einem Landsgenossen in Amerika als Chance wahrgenommen. Für eine junge koreanische Frau, die sich um die Jahrhundertwende mit einem Brief und einem Foto in der Tasche einschiffte, war Amerika das Land mit «goldgepflasterten Straßen». Eine Japanerin, die ebenfalls in jener Zeit auswanderte, erinnert sich Jahrzehnte später, daß sie vor allem auf eine gute Ausbildung gehofft hatte.

Gerade im Fall der japanischen Heiratsmigration spielten die «picture brides» eine zentrale Rolle. Die Vermittlung von Ehen aufgrund von Fotos ist in Japan eine alte Tradition. An diese wurde angeknüpft, als die nach Amerika emigrierten Männer Frauen nachholen durften.

So kam es, daß einem ersten, männlich geprägten Auswanderungsschub ein weiblicher folgte. Im Jahre 1891 beispielsweise legte in der amerikanischen Hafenstadt Seattle jede Woche ein Schiff mit hundert bis zweihundert japanischen Frauen an. Zeitgenössischen Beschreibungen zufolge spielte sich bei der Ankunft etwa folgendes ab: Jede Frau auf dem Schiff hielt das Bild ihres «Künftigen» in der Hand. Die auf der Pier wartenden Männer umklammerten ebenfalls ein Foto der versprochenen Braut. Mit Hilfe dieser Bilder versuchten die verschiedenen Paare zusammenzufinden. Dies erwies sich manchmal als schwierig, weil die Fotoaufnahmen entweder veraltet waren oder nicht die eigentliche Person abbildeten, da diese irgendeinen physischen Makel hatte. Nach der Begrüßung führten die Männer ihre künftigen Ehefrauen als erstes in ein Bekleidungsgeschäft, wo der traditionelle Kimono gegen westliche Kleider, ungewohntes Korsett und Büstenhalter, eingetauscht wurden. Denn die JapanerInnen wollten sich nicht nachsagen lassen, sie würden sich nicht an westliche kulturelle Regeln halten oder seien gar unintegrierbar wie die ChinesInnen, die sich in den USA geweigert hatten, westliche Kleidung zu tragen.

Heiratsmigration und Krieg

Für Flüchtlingsfrauen war Heiratsmigration oft der einzige Weg zu überleben. Dies erhellt vor allem das Beispiel der Armenierinnen. Zwischen 1915 und 1916 haben türkische Truppen im ersten Genozid des 20. Jahrhunderts über eine Million ArmenierInnen umgebracht. 102 000 armenische Überlebende wurden in Eriwan, Syrien und im Libanon angesiedelt, Tausende haben sich in irgendeinem anderen Land versteckt. Viele junge Frauen hatten ihre ganze Familie verloren und waren plötzlich auf sich allein gestellt. Verwandte, aber auch flüchtige Bekannte, die nach Amerika oder Kanada fuhren, nahmen Fotos von diesen alleinstehenden Frauen mit und ließen die Aufnahmen unter heiratswilligen Armeniern zirkulieren.

Auf diese Art und Weise konnten etliche Frauen das Flüchtlingslager oder Versteck verlassen und in die USA migrieren, um dort zu heiraten.

Eine besondere Form von Heiratsmigration fand nach dem Zweiten Weltkrieg statt. Aus über fünfzig Ländern reiste eine Million sogenannter «Kriegsbräute» in die USA. Sie hatten sich in einen der 16 Millionen, weltweit stationierten amerikanischen Soldaten verliebt.

Im Nachkriegsdeutschland war es den amerikanischen Soldaten verboten, einer deutschen Person die Hand zu schütteln. Das 1944 eingeführte «Fraternisierungsverbot» untersagte jeglichen freundschaftlichen Kontakt zu Deutschen. Dennoch ließ sich eine gegenseitige Anziehungs nicht vermeiden: Oft entstanden heimliche Beziehungen. Die deutschen Frauen seien von amerikanischen Autos, Schokolade und Nylonstrümpfen fasziniert gewesen, heißt es in zeitgenössischen Berichten. Die US-Soldaten hätten an den deutschen Frauen deren weibliche Unterwürfigkeit und sexuelle Verfügbarkeit geliebt. PartnerInnen-Vermittlung wurde zum Teil gezielt betrieben: So gab es 1950 am Kurfürstendamm in Berlin drei kleine Kioske, eine Art «menschliche Bibliotheken». Wollte eine deutsche Frau, daß ihr Foto auflag, hatte sie fünfzig Mark zu bezahlen. Ein Mann, der die Fotos betrachten wollte, mußte ebenfalls fünfzig Mark hinblättern. Entstand eine Heirat, kostete dies sowohl Mann wie Frau je 250 Mark. Dies entsprach einem Monatslohn oder dem Preis von zwei Packungen amerikanischer Zigaretten auf dem Schwarzmarkt.

«Frauen-» und «Mädchenhandel»

Um die Jahrhundertwende prägte ein Thema die öffentliche Diskussion: der Handel mit Frauen und Mädchen. In der Schweiz erschien Ende des letzten Jahrhunderts eine Schrift mit dem Titel «Mädchensklaverei im Lande der Freiheit». Darin wurden die Mißstände im angeblich heilen Schweizer Lande angeprangert. Es ist die Rede von Bordellen, die patentiert wären wie Wirtshäuser, aber aussähen wie Gefängnisse. Die Polizei schützte nicht die darin festgehaltenen

Mädchen, heißt es in der Abhandlung, sondern die Bordelle, welche als wichtiges öffentliches Bedürfnis galten.

Der Kampf gegen Bordelle gipfelte 1897 im Kanton Zürich in einer Abstimmung, die zu deren Verbot führte. In vereinzelten Schweizer Kantonen florierten sie allerdings bis nach dem Ersten Weltkrieg. 1926 schloß Genf als letzte Schweizer Stadt seine neun «Freudenhäuser». In den Schweizer Bordellen befanden sich nicht nur unschuldige Schweizer Mädchen vom Lande, die unter anderem von städtischen Dienstboten in eines der Puffhäuser gelockt wurden. In einem Vernehmungsprotokoll der Zürcher Polizeiakten erzählt eine 1891 in Straßburg geborene, gelernte Schneiderin, wie sie durch eine Frau, die sie in einem Kaffeehaus kennengelernt hätte, von Frankfurt nach Biel gebracht worden sei. Eigentlich hätte sie vorgehabt, nach Hamburg zu gehen. Doch diese Frau habe ihr erzählt, daß sie in Biel sehr gut verdienen würde und die Kundschaft feine Herren seien. Die Frau sei mit ihr ins Bordell gereist und habe 200 Franken für die Vermittlung erhalten. Das Bordell sei wie ein Zuchthaus gewesen: Die Fensterläden wären den ganzen Tag geschlossen gewesen, das Tageslicht habe man nie gesehen. Sie hätte hauptsächlich zum Trinken animieren und selbst viel trinken müssen. Jede Nacht sei sie betrunken gewesen.

In Deutschland waren Bordelle seit dem Mittelalter Eigentum der jeweiligen Stadt. In einigen Orten galt die Vorschrift, daß keine einheimischen Mädchen aufgenommen werden dürften. Anfang dieses Jahrhunderts traf ein Zeitgenosse in Hamburgs Bordellen auf «Negerinnen, Mestizinnen, Japanerinnen». Er schrieb, daß diese Frauen nicht durch Frauenhändlerringe nach Deutschland gebracht worden seien, sondern von «biederen Seebären», die mit diesen Frauen im Ausland eine Ehe auf Zeit geschlossen und sie anschließend in Hamburg zum Anschaffen geschickt oder an ein Bordell verkauft hätten.

Das ganz große Geschäft machten international tätige Frauenhändlerringe mit europäischen Mädchen, die sie in Länder außerhalb Europas verfrachteten. Der Handel mit weißen Frauen war ein weltweit bekanntes Phänomen. Buenos Aires, die Hauptstadt Argentiniens, galt um die Jahrhundertwende als wichtigster Umschlagplatz, Südamerika als Hauptabsatzgebiet. Von Buenos Aires aus wurde ein Teil der damals begehrten «hellhäutigen» Mädchen um den ganzen Erdball weiterverschoben. Der spanische Begriff «Trata de blancas» (Handel mit weißen Frauen) wird teilweise bis heute als Synonym für «Frauenhandel» benutzt.

Das europäische Tor zur Welt war Hamburg. 1897 entdeckte ein Handwerker in einem alten Schreibtisch, den er in Hamburg kaufte, ein Geheimfach. Darin befanden sich Tausende von Empfangsbestätigungen für Mädchen, die in die ganze Welt «verschickt» worden waren. Europäische Mädchen landeten in türkischen Harems, wie auch in Bordellhäusern im Innern Sibiriens, in Bombay, Singapore, San Franzisko, um nur einige Destinationen zu nennen.

«Frauenhandel» war um die Jahrhundertwende also ein gut organisiertes Geschäft. Die Frauenhändlerringe nutzten die Verarmung aus, die verschiedene Regionen Europas erfaßt hatte. Viele «gehandelte» Mädchen stammten aus Galizien. In dieser historischen Landschaft nördlich der Karpaten lebten vorwiegend jüdische Familien, die unter der polnischen Raubwirtschaft verarmt waren. Um die Jahrhundertwende wurden schätzungsweise 8 000 bis 10 000 Mädchen pro Jahr von Galizien nach Südamerika verschoben. Die Balkanländer schienen ebenfalls begehrte Rekrutierungsgebiete gewesen zu sein.

Angeworben wurde mit verschiedensten Methoden: Professionelle Anwerber zogen durch Bosnien und Rumänien, wo sie Mädchen mit sogenannten «Heiratsversprechen» ins Ausland lockten. Sie waren so effizient, daß sie während einer dreißigtägigen Rundreise fünf rechtskräftige Scheinehen abschließen konnten. Die Hochzeitsreisen der Mädchen endeten nicht bei einem Bräutigam, sondern in der Türkei, in Asien oder einem der Bordelle in Brasilien oder Argentinien. Der Trick mit der versprochenen Heirat funktionierte in jener Zeit nicht nur bei ungebildeten, armen Frauen. So wurden auch Frauen aus gutbürgerlichen Kreisen hereingelegt. Diese haben den am Ankunftsort wartenden Mann sogar geheiratet. Erst später steckte jener sie in ein Bordell oder zwang sie zur Prostitution.

Unter den Anwerbern befanden sich auch Frauen. Es gab ältere Pensionsbesitzerinnen, die die Händler informierten, wenn schöne Mädchen bei ihnen logierten, und manche «Engelmacherin» – wie Frauen, die Abtreibungen durchführten, genannt wurden – nutzte die Notlage schwangerer Frauen aus und vermittelte sie gegen Provision an einen Frauenhändler.

Unter dem Deckmantel seriöser Stellenvermittlungsbüros wurden Mädchen ebenfalls in die Falle der Prostitution gelockt. Diese Büros schickten ihre AgentInnen entweder aufs Land oder machten mit Inseraten auf sich aufmerksam. So haben in den Schweizer Kantonen Waadt und Neuenburg herumreisende WerberInnen Arbeitsstellen in Österreich angeboten. Nachdem etliche der nach Österreich gereisten Mädchen nie mehr auftauchten, erließen die beiden Kantonsregierungen im Jahre 1896 öffentliche Warnungen an die Eltern. Es hatte sich herausgestellt, daß die Mädchen über Lindau und München nach Italien und von dort in den äußeren Orient verschoben worden oder über Wien in die Balkanländer gelangt waren.

Wie professionell die Frauenhändler vorgingen, zeigt das Beispiel einer 22jährigen Französin aus Paris. Sie erhielt 1928 eine gute Stelle in Buenos Aires angeboten. Man zeigte ihr sogar das Briefpapier mit dem Firmenstempel ihres künftigen Arbeitgebers und bot ihr vor der Fahrt nach Argentien eine interessante Stelle in Antwerpen an. Schließlich schiffte sie sich nach Buenos Aires ein. Sie trug einen Brief auf sich, den sie nach ihrer Ankunft «einem Herrn» aushändigen sollte. Die Französin scheint Betrug gewittert zu haben und öffnete den Brief während der Überfahrt. Er war an einen Bordellbesitzer gerichtet.

Hatten die Frauenhändler «ihre Mädchen», galt es, diese möglichst unauffällig aus Europa herauszubringen. Meistens reisten sie in kleinen Gruppen durch Deutschland und Holland. In der Korrespondenz eines Frauenhändlers, die 1923 gefunden wurde, hieß es in einem Brief an einen Handelspartner: «Fünf Mädels gut angekommen in New York. Im Hafen von Hamburg wimmelte es von Polizisten. Mit mühsamer Arbeit die Ware auf Bord gebracht. Zwei hätten uns durch Weinen beinah verraten, aber Du weißt ja, wie gut Chloroform wirkt.»

Bekämpfung des «Frauenhandels»

Ende letzten Jahrhunderts haben die europäischen Staaten kaum gemeinsam und gezielt gegen «Frauenhandel» gekämpft. Die niederländische Regierung wollte 1881 mit Deutschland, England und Frankreich eine Konferenz zum Thema abhalten, doch keine der angefragten Regierungen interessierte sich dafür. 1889 unterschrieben Deutschland und die Niederlande einen Vertrag, um die Staatsangehörigen beider Länder gegen Verkupplung zu schützen.

In England schließlich wurde um die Jahrhundertwende der internationale Verband zur Bekämpfung des Mädchenhandels gegründet. In der Folge entstanden nationale Komitees in Deutschland und anderen europäischen Ländern.

Am internationalen Kongreß von 1902 waren bereits 16 Regierungen vertreten. Es wurde beschlossen, die «Zentralpolizeistelle zur Bekämpfung des Frauenhandels» zu gründen. Sie wurde 1903 vorerst nur für Preußen errichtet, doch ein Jahr später war sie für ganz Deutschland zuständig. Die Frauen und Männer, die auf der Zentralpolizeistelle arbeiteten, legten einer Reihe von Frauenhändlern das Handwerk. Sie suchten sie auf internationaler Ebene und stellten gewissen Agenten Fallen, indem sie junge, weibliche Angestellte auf zweifelhafte Annoncen antworten ließen.

Parallel zur Verbrechensbekämpfung führten nationale Komitees Informations- und Aufklärungskampagnen durch. Das deutsche Nationalkomitee beispielsweise drehte einen Tonfilm mit dem Titel «Tänzerinnen nach Südamerika gesucht». Der Film beruhte auf wirklichen Vorkommnissen und wurde in verschiedenen europäischen Städten gezeigt, 1931 auch in der Schweiz.

Im Unterschied zu den Regierungen sind gewisse Frauen bereits Ende des letzten Jahrhunderts aktiv geworden: Im Jahre 1877 haben sich 32 Frauen aus sieben Ländern zusammengeschlossen und den Verein «Freundinnen junger Mädchen» gegründet. Ihr Ziel war es, herumreisende junge Frauen vor den Gefahren des Mädchen- und Frauenhandels zu schützen. Sie organisierten Abholdienste an Bahnhöfen, stellten Schlafplätze zur Verfügung, untersuchten bestehende Agenturen auf deren Seriosität und eröffneten Anfang des 20. Jahrhunderts eigene Stellenvermittlungsbüros. Allein 1930 plazierte der Verein weltweit 5265 Mädchen.

Der Schutz auf Bahnhöfen war dem Verein ein besonderes Anliegen. In Bahnhöfen größerer Städte wurden Warnplakate aufgehängt. Frauen, durch das Vereinsabzeichen gekennzeichnet, patrouillierten auf Perrons und in Wartesälen, wo sie herumirrende Mädchen ansprachen und Männer beobachteten, die unbegleitete, junge Frauen in ein Gespräch verwickelten. Bis 1930 hat der Verein laut eigenen Angaben allein in der Schweiz 53113 Frauen in irgendeiner Form geholfen.

Um die Jahrhundertwende entstand die abolitionistische Bewegung. Sie hatte ihren Ursprung in England, wo engagierte Frauen gegen die 1864 erlassenen «Contagious Diseases Acts» kämpften. Diese Gesetze zwangen die Prostituierten zu medizinischen Untersuchungen, zur Registrierung und zur polizeilichen Kontrolle. Josephine Butler, zentrale Figur der abolitionistischen Bewegung, verurteilte diese Überwachung, da sie diese als Vermarktung der Frauen betrachtete. Das Bordell verurteilte sie als Zentrum des Menschenhandels. Butler forderte Menschenrechte für Frauen und die Abschaffung dieser Gesetze, was sie 1886 durchsetzen konnte.

Die internationale abolitionistische Föderation bildete sich 1875. Sie führt bis heute einen Kampf gegen die Prostitution, allerdings aus vorwiegend moralischen und konservativen Gründen.

Thailand: Wirtschaftswunderland

Thailands Wirtschaft boomt. Die Regierung unternimmt alles, um das wirtschaftliche Wachstum zu steigern und die Stellung Thailands als Regionalmacht Südostasiens auszubauen. Sind die ehrgeizigen Pläne zur Verwandlung des «Goldenen Dreiecks» in ein Wirtschafts- und Tourismuszentrum realisiert, wird sich die von Frauen dominierte Migrationsspirale noch schneller drehen.

Thailand wurde als einziges Land in Südostasien von keiner Kolonialmacht militärisch besetzt. Seit 1782 ist es ein Königreich. 1933 hat das Militär durch einen Staatsstreich die Umwandlung der absoluten Monarchie in eine konstitutionelle erzwungen. Das Militär herrschte zwischen 1950 und 1970. Die Epoche einer relativ offenen Politik beschränkte sich auf die drei Jahre zwischen 1973 und 1976. An der Spitze des Staates steht bis heute ein König: Bhumibol Adulyadjej Rama IX.

Auf einer Fläche, die anderthalbmal so groß ist wie Westdeutschland, lebten 1990 rund 56,3 Millionen Menschen. Sie sind zu 93 Prozent AnhängerInnen des Theravada-Buddhismus, der als religiöse Lehre den thailändischen Alltag und die Thaikultur bestimmt.

Thailand ist in eine Art Zweiklassengesellschaft geteilt. Diese hat sich in der Folge der Industrialisierung herausgebildet: Die Klasse, die in den Städten wohnt, hat von Anfang an vom Industrialisierungsboom profitiert; jene auf dem Land hingegen gehörte in zunehmendem Maße zur großen Gruppe der VerliererInnen.

Thailands Bevölkerung ist jung. 1990 war ein knappes Drittel unter 15 Jahre alt. Ein Zehntel aller BewohnerInnen lebt in Bangkok, Thailands Hauptstadt. 80 Prozent der Bevölkerung gehören der Thaigruppe an. Die restlichen 20 Prozent verteilen sich auf unterschiedliche ethnische Gruppen. Die meisten leben in den nördlichen Bergregionen von Thailand. Sie haben eigene Sprachen, Schriften und Religionen. Die rund 70 000 Karen beispielsweise sind ein Volk tibeto-burmesischen Ursprungs; das uralte Volk der Mon hat sich zusammen mit den Khmer als eines der ersten indisierten Völker auf dem Gebiet von Thailand niedergelassen. 20 000 Menschen gehören der Gruppe der Lism an, andere den Meo, die dritten dem kleinen Stamm der Meo-Phi-Tong (Geist der gelben Blätter). Diese leben so zurückgezogen, daß sie erst vor wenigen Jahren «entdeckt» wurden.

Die in rund zwanzig Stämmen organisierten Bergvölker haben als Minderheiten dasselbe Schicksal: Sie sind nur teilweise ins staatliche Leben einbezogen. Konkret bedeutet dies, daß sie weder einen Thaipaß noch eine Identitätskarte besitzen: Sie gelten als Menschen ohne gesetzlich bestätigte Identität und dürfen sich innerhalb von Thailand nur beschränkt bewegen. Sogar für die Fahrt in einen anderen Distrikt benötigen sie eine Genehmigung.

Thailands Wirtschaftsstruktur wurde traditionellerweise von der Landwirtschaft geprägt. Die Bedingungen für eine intensive Bewirtschaftung sind regional sehr unterschiedlich. Der Nordosten zeichnet sich durch unfruchtbare Böden mit dünner Vegetationsschicht aus und ist großen klimatischen Schwankungen ausgesetzt: Immer wieder bleibt der Regen aus, und der Boden verdorrt unter der Sonne; dann aber regnet es soviel, daß der Mekong über die Ufer tritt und die Felder überflutet. Auf der thailändischen Hochebene, wo ein Drittel der Bevölkerung lebt, werden vor allem anspruchslose Pflanzen wie Baumwolle und Jute angepflanzt. Das landwirtschaftliche Hauptexportprodukt Reis gedeiht in der Zentralregion Thailands, die von alters her als Reiskammer gilt. Reis ist immer noch das wichtigste landwirtschaftliche Exportprodukt und brachte bis 1990 die meisten Devisen ein. Mit der Produktion von Ananas steht Thailand an der Spitze der Welterzeugung.

Während der letzten zwanzig Jahre hat sich die wirtschaftliche Bedeutung der Landwirtschaft verringert. Wurden 1970 noch 80

Prozent des Bruttosozialproduktes in der Landwirtschaft erwirtschaftet, so waren es 1988 lediglich 17 Prozent. 1991 erbrachte die Landwirtschaft nur noch 12 Prozent, obwohl mehr als die Hälfte aller Beschäftigten in diesem Sektor arbeitete. Die Kluft zwischen geringem erwirtschaftetem Ertrag und hoher Zahl Beschäftigter deutet auf den Existenzkampf der Bauern und Bäuerinnen. 60 Prozent der selbständigen Bauernfamilien haben hohe Schulden. 58 Prozent der landwirtschaftlichen Betriebe sind kleiner als sechs Hektaren und damit zu klein, um genügend Geld für wettbewerbsorientierte Investitionen herauszuwirtschaften.

Die Bergvölker im Norden Thailands betreiben Landwirtschaft traditionellerweise mit Brandrodung. Viele pflanzen Mohn zur Opiumgewinnung an. Die thailändische Regierung versucht seit mehreren Jahren, die Bergvölker zum Anbau von Kaffee, Honigmelonen, Rosenkohl, Äpfeln und Erdbeeren zu bewegen; zu exportorientierten Produkten also, die weder an die kulinarischen Gewohnheiten der Bevölkerung noch an deren traditionelle Anbauweise anknüpfen. Im Gegenteil: Diese Anbauprodukte erfordern eine einschneidende Änderung der Lebens- und Wirtschaftsgewohnheiten und treiben die BewohnerInnen in die Abhängigkeit von multinationalen Gesellschaften, von denen sie Saatgut, Pestizide, Dünger sowie Know-how beziehen müssen.

Die thailändische Regierung hat zahlreichen Angehörigen der Bergvölker, die im Norden mehrheitlich in den Quellgebieten wohnen, den Boden weggenommen. Mit Aufforstungsprogrammen soll darauf der Kahlschlag der Wälder ausgeglichen werden. Die strategisch wichtigen Quellgebiete hat sich die Regierung gesichert, indem sie diese zu Regierungsgebieten erklärte und deren Bepflanzung untersagte. Die Bergbevölkerung steht diesem Prozeß der Enteignung wehrlos gegenüber.

Thailands Wirtschaft boomt. 1992 wies sie eine Wachstumsrate von 8 Prozent auf. Das Wachstum findet vor allem in der Dienstleistungsbranche und der Industrie statt. 1991 erzeugte letztere 39 Prozent des Bruttosozialproduktes. Die «Leichtindustrie», Elektronik- und Textilindustrie herrschen vor. Viele dieser Betriebe sind Ableger von Multinationalen «Weltmarktfabriken». Thailand gehört jedoch bereits nicht mehr zu den billigsten «Billigländern». Die Textilindustrie «krankt» an zu hohen Löhnen, die der wirtschaftliche Aufschwung mit sich brachte. Mittlerweile wandern Aufträge ins benachbarte Vietnam ab, wo viermal günstiger produziert wird. Dies bewirkt unter anderem, daß Firmen in Bangkok anfangen, ArbeiterInnen zu entlassen.

Wichtigster Pfeiler der thailändischen Wirtschaft ist der Dienstleistungssektor, der beinah die Hälfte des Bruttosozialprodukts erwirtschaftet. Innerhalb dieses Sektors nimmt der Tourismus eine herausragende Stellung ein. So haben die Deviseneinnahmen aus dem Tourismusgeschäft jene aus dem Erlös des Reisexportes erstmals übertroffen und sind seither Nummer eins unter den Devisenbringern.

Das thailändische Wirtschaftswachstum wurde mit Finanzspritzen aus Taiwan, Hongkong und Japan angekurbelt. Die beiden letzteren haben 50 Prozent aller ausländischen Investitionen getätigt. Nun, da Thailands Wirtschaft blüht, werden thailändische Investoren in benachbarten Ländern aktiv, wo sie gewinnversprechende Projekte unterstützen. In Laos beispielsweise handelt Thailand 40 Prozent aller Investitionen ab und deckt zur Hälfte das Handelsvolumen. Mit Vietnam wurde nach anfänglicher Zurückhaltung ein umfassendes Wirtschaftsabkommen geschlossen.

Thailändische Frauen stellen in allen Wirtschaftsbereichen den Großteil der Arbeitskräfte. In der Landwirtschaft sind es über 66 Prozent. Die Hälfte aller Frauen arbeitet auf dem eigenen Hof sowie auf den Nachbarshöfen, wo sie als Wäscherinnen und Schneiderinnen ein wenig Geld dazuverdienen. Ihre Familien sind auf dieses Einkommen angewiesen, da das kleine Feld nicht zum Überleben reicht und ein angehäufter Schuldenberg sie zu erdrücken droht. Viele Frauen betätigen sich im Kleinhandel und müssen deshalb ihre Familien zeitweise verlassen.

Unter den BinnenmigrantInnen, die seit den siebziger Jahren zu Tausenden in die thailändischen Metropolen wanderten, befanden sich von Anfang an etliche Frauen. Vor allem im Nordosten haben Zehntausende von Bäuerinnen ihren Hof verlassen und Arbeit in einer Stadt gesucht. Bereits Ende der siebziger Jahre migrierten mehr Frauen als Männer.

In Bangkok sind 50 Prozent der Industrieangestellten Frauen. In den zehn wichtigsten Exportindustrien machen sie sogar 90 Prozent aus. Viele leiden unter Lohndiskriminierung und sind gefährlichen Arbeitsplatzbedingungen ausgesetzt. Frauen dominieren auch die übrigen Wirtschaftssektoren: Im Dienstleistungssektor ist jede fünfte angestellte Person weiblich, im informellen Sektor sind 60 Prozent aller Beschäftigten Frauen.

Viele Migrantinnen haben im (Sex-)Tourismus eine Anstellung gefunden. Die Abwanderung der Frauen in die «Vorform» des Sextourismus begann mit dem Vietnamkrieg. Zwischen 1964 und 1976 waren 50 000 amerikanische Soldaten in Thailand stationiert. Sie verteilten sich auf sieben, vor allem im Nordosten angesiedelte Stützpunkte, um die Bars und Bordelle aus dem Boden schossen. Jährlich besuchten 700 000 GIs Thailand, um sich in eigens für sie errichteten Vergnügungsvierteln von den Strapazen des Krieges zu erholen. Ab 1966 wurden amerikanische Militärberater, wenn sie ausgelaugt waren, für eine Woche nach Bangkok ausgeflogen. Die Amerikaner waren gerngesehene Gäste: Das Geld, das sie liegen ließen, entsprach in jenen Jahren 40 Prozent der gesamten Exporteinnahmen.

Als sie Thailand Ende der siebziger Jahre verließen, hatten sie die Grundlage für den Sextourismus geschaffen. Die thailändische Regierung begann, die vorhandene Infrastruktur auszubauen, und erklärte zu Promotionszwecken das Jahr 1980 zum «Tourismusjahr». In einer Rede vor versammelten Provinzgouverneuren soll der damalige stellvertretende Ministerpräsident in jenem Jahr gesagt haben, es müsse für Unterhaltungsstätten gesorgt werden, auch wenn diese als abstoßend oder peinlich erschienen, weil dort sexuelle Lustbarkeiten angeboten würden.

Als thailändisches Synonym für «billigen Sex» gilt bis heute Pattaya. Das ehemalige Fischerdorf liegt 120 Kilometer südöstlich von Bangkok. Während des Vietnamkrieges war es der größte Erholungsort für amerikanische Soldaten. Heute noch fährt die US-Navy jährlich Pattaya an. Für den Empfang der 8 000 bis 10 000 GIs, die jeweils für eine Woche Urlaub machen, wird die ganze Stadt mit Blumen geschmückt.

Neu erschlossene Destinationen wie Phuket und Ko Samui führen mittlerweile dasselbe Angebot für Sextouristen. Während in Pattaya, Phuket und Ko Samui europäische Sextouristen ihre biederen Masken fallen lassen, sind es in Hat Yai, der südlichsten Eisenbahnstation vor der Grenze zu Malaysia, muslimische Malaien. Diese machen die größte Gruppe der Einzelreisenden aus, die Thailand besuchen. Nach Hat Yai fahren sie übers Wochenende, um dort jenen «Vergnügungen» nachzugehen, die in ihrem eigenen Land verboten sind.

Etliche Frauen, die in Thailands Sexindustrie arbeiten, stammen aus jenen beiden Gebieten, die ab Mitte der sechziger Jahre nach dem Bau von Großstaudämmen unter Wasser gesetzt wurden. Mit dem Bhumipol-Staudamm wurde 1964 der größte Südostasiens und der weltweit siebtgrößte Damm fertiggestellt. Der in der Folge aufgestaute See bedeckt eine Fläche von 318 Quadratkilometern. 35 Dörfer wurden überflutet, 20 000 Menschen mußten umgesiedelt werden. Im Falle des rund zehn Jahre später erbauten Sirikit-Staudammes hatten 17 000 EinwohnerInnen ihre Dörfer zu verlassen. Das damals regierende Militärregime verteilte die neuparzellierten Grundstücke durch Lose. Die psychosozialen Folgen der Umsiedlung äußerten sich unter anderem in der Auflösung traditioneller Gesellschaftsstrukturen und in der Abwanderung.

Der periodische Wassernotstand hat sich in den letzten Jahren verschärft. Das immer knapper werdende Wasser wird zum größten Teil für die Industrie und die großen Hotels gebraucht. Um deren Funktionieren zu garantieren, haben die Bauern und Bäuerinnen ihre Bedürfnisse zurückzustellen. Ist das Wasser knapp, müssen sie die zweite Reisernte streichen. Dies bedroht ihre Existenz und wird sie zur Abwanderung zwingen.

Als «Lösung» des Wasserproblems schlägt die thailändische Wasserbehörde EGAT (Electricity Generating Authority of Thailand) den Bau von sieben Staudämmen vor. Gleichzeitig propagiert sie eine Neuauflage der Wasserbaugesellschaft, wie sie im mittelalterlichen Kambodscha bestand. So wie damals die Schleusen absolut autokratisch kontrolliert wurden, soll heute die Entscheidungsmacht in die Hände der EGAT gelegt und die Verteilung des Wassers durch eine zentrale Ordnungsmacht organisiert werden.

Realisiert die EGAT ihre Pläne, sind die BewohnerInnen entlang fast aller Flüsse in Nordthailand von Umsiedlungen bedroht. Die im Grenzgebiet zu Burma lebenden, mehrheitlich den Bergstämmen angehörenden Menschen, deren Gebiete unter Wasser gesetzt würden, haben nichts in der Hand, um sich zu wehren.

Das Sicherstellen von Ressourcen wie Wasser beeinflußt auch die Außenpolitik mit den Nachbarn. Thailand hofft auf den Bau von Staudämmen im nördlichen, wasserreichen Laos. Gleichzeitig treibt die Regierung den Bau der Staudämme im eigenen Norden voran, indem sie mit dem benachbarten Burma ein freundschaftliches Verhältnis pflegt.

Burma teilt mit Thailand im Nordwesten eine 2 400 Kilometer lange Grenze. In Burma herrscht immer noch eine totalitäre und menschenverachtende Militärjunta namens SLORC (State Law and Order Restoration Council), die sich 1988 an die Macht putschte. 1991 startete der international mehr oder weniger isolierte SLORC eine militärische Offensive gegen die Minderheiten, die beinahe einen Drittel der burmesischen Bevölkerung ausmachen. Dörfer wurden in Schutt gelegt und Landstriche entvölkert. Die BewohnerInnen, mehrheitlich Angehörige der Karen, Mon und Shan, flohen zu Tausenden nach Thailand.

Im Juni 1993 erklärten thailändische Beamte, daß monatlich rund 1 200 Menschen aus dem burmesischen Karen- und Mongebiet nach

Thailand fliehen würden. Im Dezember 1993 haben sich 73 000 burmesische Flüchtlinge auf thailändischem Gebiet aufgehalten.

Den burmesischen MigrantInnen gegenüber verhält sich die thailändische Regierung entsprechend ihren wirtschaftlichen Interessen in Burma. Anfänglich hat Thailand Zehntausende von Flüchtlingen über die Grenze gelassen und in Lagern untergebracht. Die geflohenen Minderheiten wurden als willkommener Puffer im Grenzgebiet betrachtet. Am florierenden illegalen Grenzhandel waren alle Seiten beteiligt. Doch Burma lockt mit Ressourcen und einem Wirtschaftswachstum von 6 Prozent. Es hat reiche Fischgründe, große Wälder und verfügt über Naturgasvorkommen im Golf von Martaban. Zudem besitzt es als Touristenattraktion ein unausgeschöpftes Potential.

Thailand braucht Burmas Ressourcen und wirtschaftliche Anziehungskraft, um seine eigene Entwicklung voranzutreiben. Burma sucht die wirtschaftliche Zusammenarbeit mit Thailand, um sich aus der politischen Isolation zu lösen. Beide Staaten sind an einem sicheren, sogenannt «befriedeten» Grenzgebiet interessiert. Dies soll investitionsgierige multinationale Gesellschaften und künftige TouristInnen beruhigen. Der offene Landweg von Bangkok nach Rangun ist wirtschaftlich nur interessant, wenn Massen von TouristInnen kommen und ungestört die Berge sowie deren verbliebene Bevölkerung in Form einer «hill tribe tour» (Bergvölker-Tour) besichtigen können.

1995 unterschrieben Thailand und Burma einen Vertrag, der Thailand für dreißig Jahre die Einfuhr von burmesischem Naturgas garantiert. Zuvor haben die thailändischen Behörden rund 8 000 Flüchtlinge des Mon-Volkes aus ihrem Ursprungsgebiet ver- und in die Hände des burmesischen Militärs getrieben: Die Angehörigen der Mon wurden zum Störfaktor, da die Gas-Pipeline durch ihr Siedlungsgebiet führt.

Mittlerweile bedrohen gewisse thailändische Politiker die Flüchtlinge aus Burma offen. Sie machen klar, daß diese jederzeit abgeschoben werden könnten und «UnruhestifterInnen» in den Grenzgebieten nicht mehr geduldet würden.

Unter den schätzungsweise 300 000 illegalen BilligarbeiterInnen aus Burma, die in Thailands Industrie- und Dienstleistungssektor die Kosten senken, gibt es unzählige Frauen. Illegale Aufenthalterinnen stammen aber nicht nur aus Burma. Frauen aus Südchina, Vietnam und anderen verhältnismäßig ärmeren asiatischen Staaten reisten nach Thailand ein. Sie ersetzen in zunehmendem Maße jene Thai-Frauen, deren Lebensstandard und Ansprüche sich erhöht haben, oder jene Tausende, die nach Europa oder Japan migrierten.

Das zukünftige Schicksal der MigrantInnen wird durch Thailands ehrgeizige Wirtschaftspläne bestimmt, denn Thailand will sich zur Regionalmacht aufschwingen. Das sogenannte «Goldene Dreieck» zwischen Thailand, Burma und Laos soll vom Makel des Drogengeschäfts befreit werden und im Glanz eines touristischen und ökonomischen Zentrums erstrahlen. Der Ausbau des ehemals für Tourismus gesperrten Gebietes wird von den wichtigsten internationalen Finanzgebern, dem IWF, der Weltbank sowie der ADB (Asian Development Bank), unterstützt.

Im Mittelpunkt steht der Mekong, einer der größten Flüsse Asiens: Als Verkehrsader und Energielieferant wird er historische Städte in Thailand, Burma, Südchina und Laos verknüpfen und den TouristInnen ungeahnte Dimensionen eröffnen. In Südchina werden Flughäfen ausgebaut, und der Mekong wird schiffbar gemacht. Ein thailändisch-chinesisches Konsortium plant, ein gigantisches Vergnügungszentrum an der Grenze zu Burma zu eröffnen. Die Infrastrukur rund um den Mekong soll so umfassend ausgebaut werden, daß internationale Unternehmen in das Gebiet investieren. Analog zum EU-Modell sollen geöffnete Grenzen freien Menschen- und Warenverkehr sowie den Nachschub von Arbeitskräften sichern.

Diese geplanten und zum Teil realisierten Veränderungen werden die bestehende Migration voraussichtlich verstärken. Der Ausbau eines bisher relativ «unberührten» Gebietes hat zwangsläufig Enteignungen und Umsiedlungen zur Folge. Der angestrebte Natur-, Kultur- und Abenteuertourismus wird höchstwahrscheinlich den Bergvölkern der umliegenden Grenzgebiete die letzten Lebensgrundlagen rauben, sie in Ghettos zwingen und zur bloßen Tourismusattraktion reduzieren. Es ist anzunehmen, daß sie im Massentourismus oder in einem der internationalen Unternehmen arbeiten werden. Da in Thailand mehr Frauen als Männer in die Metropolen migrierten und vor allem Frauen im Dienstleistungsbereich arbeiten, werden auch die neugeschaffenen Stellen von Migrantinnen besetzt werden – aus Thailand, aber auch aus den umliegenden Staaten.

Formen der Frauenmigration

Migrantinnen in der Landwirtschaft

Millionen von Binnenmigrantinnen müssen sich in Ländern der «Dritten Welt» als Landarbeiterinnen verdingen. Vor einigen Jahren besaßen ihre Familien wahrscheinlich selbst Land oder haben ein Stück Boden zu einem vernünftigen Preis gepachtet. Die Frauen des «Hauses» beziehungsweise der Großfamilie haben schon immer einen Teil der Feldarbeit übernommen, ohne dafür bezahlt zu werden. In verschiedenen Untersuchungen zeigte sich, daß die meisten Frauen die Arbeit auf dem eigenen Feld als Teil der unbezahlten Hausarbeit betrachten. Entsprechend der kapitalistischen Logik, daß nur als Arbeit gilt, was mit Geld entgolten wird, entwerten die Frauen ihre Arbeit: Sie nennen diese nicht, wenn sie nach ihrem Beitrag innerhalb eines Haushaltes gefragt werden.

Viele Frauen in den Ländern der «Dritten Welt» besitzen weder einen Erbanspruch auf Grund und Boden, noch können sie über die Verwendung des landwirtschaftlichen Ertrags mitentscheiden. Trotzdem waren sie traditionellerweise Teil einer Familie mit eigenem Besitz, Teil einer funktionierenden Subsistenzwirtschaft.

Der Preis der «Grünen Revolution»

Seit Mitte dieses Jahrhunderts ist die traditionelle Landwirtschaft unter dem Stichwort «Grüne Revolution» in etlichen Ländern der «Dritten Welt» modernisiert worden. In internationalen Agrarforschungszentren werden bis heute hochertragsreiche Reis- und andere Pflanzensorten gezüchtet und in Ländern wie den Philippinen und Mexiko angebaut. Die Ertragssteigerung ist nicht ausgeblieben. Auf den Philippinen beispielsweise verdoppelten sich die Erträge aus den Reisernten in den letzten zwanzig Jahren. Die Kalorienproduktion konnte pro Jahr und pro Kopf von 1 924 auf 2 372 Kalorien erhöht werden. Doch die Ertragssteigerung fordert einen hohen Preis: Die gezüchteten Pflanzen gedeihen nur mit Kunstdünger, Pestiziden und künstlicher Bewässerung. Dies belastet sowohl die Umwelt als auch das Budget der Bauernfamilien. Sehr viele Subsistenzbauern und -bäuerinnen, die zuvor über die Runden gekommen waren, konnten sich die kostenintensive Umstellung nicht leisten. Etliche versuchten den Anschluß an die Modernisierung, indem sie Kredite aufnahmen. Einige von ihnen gingen bankrott. Sie wußten nicht, wie umgehen mit den sensiblen, neuen Pflanzen. Andere haben sich verkalkuliert oder wurden von skrupellosen Kreditgebern in den Ruin getrieben. So waren Millionen von Bauern und Bäuerinnen gezwungen, ihr Stück Land zu verkaufen. Meistens mußte ein Teil der Familie den Hof verlassen und sich woanders eine Lohnarbeit suchen.

Mit der «Modernisierung» der Landwirtschaft ging eine Umstellung auf exportorientierte Produkte, sogenannte «cash-crops», einher. Statt Nahrung für den Eigenbedarf zu produzieren, begannen immer mehr Betriebe im großen Stil anzupflanzen, was sich in den Industrieländern gut verkaufte und den «cash», die begehrten Devisen, ins Land brachte. Die Umstellung auf den erforderlichen Monokultur-Anbau hat die gleichen ökologischen und sozialen Folgen wie die «Grüne Revolution».

Sowohl hinter der «Grünen Revolution» wie auch der Exportorientierung verstecken sich letztlich die Interessen der Industriestaaten. Multinationale Unternehmen – wie beispielsweise die Basler Chemie – produzieren Dünger, kommerzielles Saatgut sowie Pestizide und kontrollieren deren Verkauf. Mittlerweile greifen die nördlichen Konzerne mit der vorangetriebenen Bio- und Gentechnologieforschung nach den Bausteinen des Lebens selbst, nach den genetischen Ressourcen.

Die «Grüne Revolution» hat in den Ländern der «Dritten Welt» nicht nur VerliererInnen produziert. Jene mit ausgedehntem Besitz oder den richtigen Beziehungen profitierten von der Umstellung in der Landwirtschaft durchaus. Sie entwickelten sich zu den ArbeitgeberInnen der neuen Masse von Besitzlosen. Auf ihren Haciendas, Plantagen oder Latifundien dürfen sich die ehemaligen Kleinbauern und -bäuerinnen verdingen – meist zu einem Hungerlohn.

Gesundheitsschädigende Arbeitsbedingungen und sexuelle Ausbeutung

Auf manchen Feldern gibt es nur während der Erntezeit Arbeit. Gewisse Landwirtschaftsbetriebe haben sich in kleine Industrien verwandelt, die das ganze Jahr produzieren und Arbeitskräfte brauchen. In Indien beispielsweise sind Landarbeiterinnen während der Zuckerrohr- und Baumwollernte begehrte Arbeitskräfte. Sie pflücken Tee auf den hochgelegenen Plantagen, ernten Tabak und rollen die Blätter zu Zigaretten oder den beliebten «Bidis».

In Guatemala sehen sich Tausende von Frauen aus der Hochebene gezwungen, während der Erntesaison ihre Familien zu verlassen, um auf einer Bananenplantage in einem der tieferliegenden, fruchtbaren Täler zu arbeiten.

Die Arbeit auf Plantagen, wo Blumen für den Export angebaut werden, ist eine besonders ausbeuterische und gesundheitsschädigende Form der Landarbeit. Die Nelken in Kolumbien und Gerbera in Kenia werden von schlechtbezahlten Frauen im Akkord gepflückt. In manchen Betrieben muß eine Frau bis zu tausend Pflanzen pro Stunde für den Export sortieren. Viele arbeiten ungeschützt auf den Feldern, während diese von Flugzeugen aus mit giftiger Chemie bespritzt werden. Immer wieder klagen Frauen über Hautkrankheiten. Bei gewissen Arbeiterinnen traten schwere Vergiftungssymptome auf, andere hatten unerklärliche Fehlgeburten.

Nicht immer haben sich Frauen freiwillig auf den Feldern von GroßgrundbesitzerInnen eingefunden und nach Arbeit gefragt. Eine unbekannte Anzahl von ihnen wurde verschleppt. Sie werden wie Sklavinnen gehalten und zur Arbeit gezwungen. Viele von ihnen werden auch sexuell ausgebeutet.

Sophany ist ein Mädchen aus Kambodscha. Im Alter von acht Jahren wurde Sophany aus ihrer Heimatprovinz Kompong Cham entführt und an eine Fruchtfarm in Thailand verkauft. Tagsüber mußte sie schwere Arbeit auf dem Feld leisten, in der Nacht wurde sie vom Farmbesitzer und von den männlichen Aufsehern vergewaltigt. Als ein kambodschanisches Ehepaar sie zufällig entdeckte und befreite, stellte sich heraus, daß Sophany HIV-positiv war.

Frauenfeindliche Lohnpolitik

Die Lohnpolitik der GroßgrundbesitzerInnen ist weltweit geschlechtsspezifisch. Ob in Indien, in Guatemala oder im Irak: Frauen verdienen stets weniger als Männer. Deshalb werden vielerorts nur Frauen angestellt. Die geschlechtsspezifische Lohnpolitik knüpft an das weltweit verbreitete Konzept der unentgeltlichen Haus- und Feldarbeit an und legitimiert sich dadurch. Aufgrund der Wertlosigkeit, die Frauenarbeit zugeschrieben wird, können GroßgrundbesitzerInnen von den Arbeiterinnen maximal profitieren.

Dieser Ausbeutungsmechanismus muß von den Frauen nicht zwingend als negativ beurteilt werden. Für etliche Frauen bedeutet ein mehr oder weniger gesicherter Arbeitsplatz in einem Landwirtschaftsbetrieb trotz niedrigem Lohn eine Verbesserung ihrer Lebenssituation.

Gegen unmenschliche Arbeitsbedingungen, niedrigen Lohn und sexuelle Gewalt wehren sich Landarbeiterinnen immer wieder. In Dakka haben im August 1995 Tausende von bengalischen Landarbeiterinnen gestreikt. Sie sind aus verschiedenen Landesteilen in die Hauptstadt von Bangladesh gefahren, um dort auf ihre Situation aufmerksam zu machen und höhere Löhne zu fordern.

Im indischen Bundesstaat Bihar haben Landarbeiterinnen aus der Kaste der «Unberührbaren» angefangen, sich zu bewaffnen. Laut der englischen Frauenzeitschrift «Marie Claire» wissen mittlerweile über 3000 Frauen, wie ein Gewehr bedienen oder einen Molotowcocktail mischen. Sie haben genug von den Großgrundbesitzern, die sie immer wieder vergewaltigten oder die Hütten jener Frauen niederbrannten, die sich gegen sexuelle Übergriffe gewehrt hatten. Die Großgrundbesitzer, die die Frauen zuerst belächelt haben, werden gezwungen, sie langsam ernst zu nehmen.

Migrantinnen in der Industrie

Frauen sind weltweit begehrte Arbeitskräfte in der Industrie, wenn es sich um «unqualifizierte» Arbeit handelt. Im südindischen Bundesstaat Kerala sitzen unter improvisierten Sonnenschirmen Hunderte von Frauen, die für den nationalen Straßenbau mit einem Hammer Steinbrocken zu Kies zerschlagen. Sehr oft können die Familien dieser Frauen nicht mehr vom Ertrag ihres Feldes leben. Andere Inderinnen ziehen von Baustelle zu Baustelle, wo sie zum Beispiel zementgefüllte Eimer zu schleppen haben. Nur ein Viertel von ihnen verdient den gesetzlich festgelegten Mindestlohn.

Siegeszug der Freihandelszonen

Zeitlich mehr oder weniger parallel zur Modernisierung der Landwirtschaft hat in etlichen Ländern der «Dritten Welt» auch in der Industrie eine Orientierung auf den Export hin stattgefunden. Um zusätzliche Devisen ins Land zu bringen, wurden an vielen Orten sogenannte Freihandels- oder freie Produktionszonen eingerichtet. Dabei handelt es sich um riesige zollfreie Flächen, auf denen weltmarktorientierte, industrielle Unternehmen zu günstigen Bedingungen produzieren können.

Die UNO-Organisation für industrielle Entwicklung (UNIDO) propagiert Freihandelszonen seit den sechziger Jahren. Sie wurde 1964 auf Verlangen der Länder der «Dritten Welt» gegründet, um die exportorientierte Industrie und somit den Industrialisierungsprozeß in den sogenannt «unterentwickelten» Staaten zu fördern. Dieser Industrialisierungsprozeß ist Teil der von den Industrieländern durchgesetzten Internationalen Arbeitsteilung, in der sich die Industrieländer auf kapitalintensive und die Länder der «Dritten Welt» auf arbeitsintensive, exportorientierte Teilfertigungen für die industrielle Produktion konzentrieren.

Die UNIDO legt den Ländern der «Dritten Welt» nahe, die Unternehmen in Freihandelszonen von Zöllen und Abgaben sowie von Einkommenssteuern für einen bestimmten Zeitraum zu befreien. Zudem werden die Gewährung des freien Rückflusses der erwirtschafteten Profite bis zu einer gewissen Höhe sowie Vorzugstarife für Transport und andere Dienstleistungen empfohlen. Ebenfalls sollten die Länder der «Dritten Welt» für die weltmarktorientierten Produktionsstätten die materielle Infrastruktur bereitstellen.

Für ein Unternehmen aus einem Industrieland, das am ursprünglichen Standort aufgrund hoher Steuern und Löhne knapp wettbewerbsfähig ist, stellt eine Freihandelszone den idealen Weg aus der wirtschaftlichen Sackgasse dar. Es profitiert nicht nur von staatlichen Sonderbehandlungen, sondern kann auf eine Masse von Arbeitslosen zurückgreifen, die froh um jede Beschäftigung ist. Bei den Arbeitslosen handelt es sich oft um Menschen, die vom Land in die Städte zogen, weil sie entweder ihren Boden verloren oder als LandarbeiterInnen zu wenig zum Überleben verdient hatten.

Die erste Freihandelszone wurde 1958 in Irland eingeführt. Als regionale Zentren für Freihandelszonen folgten Südostasien, Mittelamerika und schließlich die Karibik, wo der größte Boom stattfand: Gab es 1970 zwei solcher Zonen, so existierten 1990 bereits deren fünfzig. Der Jeanshersteller «Lewis» beispielsweise läßt die weltweit begehrten Hosen schon lange in Manila nähen. Der Computerriese «Atari», der sich mit Billigcomputern einen Namen machte, verlagerte 1983 seine gesamte Produktion von Kalifornien nach Hongkong und Taiwan. In Malaysia arbeiten für amerikanische und japanische Firmen rund 80 000 Angestellte. 46 Textil- und Elektronikfabriken haben sich in der philippinischen «Bataan Export Processing Zone» angesiedelt, wo sie etwa 25 000 ArbeiterInnen beschäftigen.

Wo Freihandelszonen seit längerer Zeit existieren und das Lebensniveau allgemein gestiegen ist, kommen ArbeitgeberInnen langfristig um Lohnerhöhungen nicht herum. Indem die ArbeiterInnen mehr verdienen, vergrößert sich für sie jedoch die Gefahr der Entlassung. Ihr höherer Lohn steigert die Produktionskosten und verringert dadurch die Wettbewerbsfähigkeit der Unternehmen gegenüber den Produktionsstätten in jenen Ländern, deren Bevölkerung aufgrund der wirtschaftlichen Notlage nach wie vor gezwungen ist, zu einem Hungerlohn zu arbeiten. Solange dieses

Gefälle existiert, kann die Politik des Lohndumpings kaum gestoppt werden.

Begehrte Frauenhände

Wie die GroßgrundbesitzerInnen, so bevorzugen auch die UnternehmensleiterInnen in den Freihandelszonen Frauen. Ein Blick auf die Freihandelszonen dieser Welt bestätigt die geschlechtsspezifische Angestelltenpolitik der Unternehmen: In Malaysias Freihandelszonen 84 Prozent der Angestellten sind Frauen zwischen 18 und 24 Jahre alt. In Mexiko beträgt der Anteil der Frauen 85 Prozent und in Mauritius 80 Prozent. In der Karibik machen Frauen mindestens zwei Drittel der Belegschaft aus. Taiwan wird von multinationalen Unternehmen wegen der Qualität seiner weiblichen Arbeitskräfte als eines der wichtigsten Gebiete für Freihandelszonen eingestuft. Ob in Sri Lanka, auf den Philippinen oder in Korea: Überall werden mit Vorliebe junge, ledige Frauen aus ländlichen Gebieten angestellt.

Aufgrund patriarchaler Verhältnisse werden Frauen zu Menschen «zweiter Klasse» gestempelt, und ihr Lohn kann gedrückt werden. Die Unternehmer schätzen an den jungen Frauen vom Land ihre besondere Ausdauer und Anpassungsfähigkeit – Qualitäten, die es den Unternehmern leichtmachen, die Frauen in unerträglichen Arbeitsbedingungen auszubeuten. Zudem sind laut den Unternehmern keine Hände so geschickt wie jene von jungen, ungelernten Frauen. Dies gilt insbesondere für die komplizierte Zusammensetzung von Chips für Computer, die Präzisionsarbeit unter dem Mikroskop erfordert.

Die Arbeitsbedingungen in den Freihandelszonen sind weltweit mehr oder weniger dieselben. Die jungen, weiblichen Angestellten müssen monotone Tätigkeiten ausführen. Für den europäischen Bekleidungsdiscounter Adler sitzen koreanische Textilarbeiterinnen in zwei Schichten pro Tag während je zwölf Stunden an einer Nähmaschine und fertigen täglich 7 500 Kleidungsstücke an. Sie verdienen im Monat rund 330 Schweizer Franken. Diesen niedrigen

Lohn rechtfertigte die Unternehmensleitung mit der Begründung, die Frauen benötigten diesen Lohn lediglich dazu, ihre Aussteuer zu finanzieren, da sie im Alter von 25 Jahren sowieso heiraten würden.

Auch die «Lewis»-Jeans-Manager in Manila erklären den niedrigen Lohn mit frauenspezifischen Argumenten: Eine verheiratete Frau habe einen arbeitenden Mann, müsse also nur «dazuverdienen». Eine ledige Frau werde bald heiraten und würde von ihrem Vater unterstützt. Deshalb genüge ein Lohn in der Höhe eines Sackgeldes. Diese Unternehmenspolitik bestätigt die feministische Theorie der «Hausfrauisierung»: Frauen werden zwecks Lohndumpings auf Hausfrauen reduziert.

In Freihandelszonen ist die Kontrolle über den Körper der Frauen weitverbreitet. Sexuelle Belästigungen gehören zum Alltag der Arbeiterinnen. Oft können Frauen ihre Position nur verbessern, wenn sie mit den Vorarbeitern schlafen. In vielen Firmen werden sie zu demütigenden Körperkontrollen gezwungen. Schwangerschaft ist ein Grund zur Entlassung. In Brasilien kam es vor, daß Frauen sich sterilisieren lassen mußten, um angestellt zu werden.

Zuckerbrot und Peitsche

In Malaysias Elektronikfirmen arbeiten Zehntausende von jungen Frauen. Als die Unternehmen sich in den siebziger Jahren in den Freihandelszonen ausbreiteten und weibliche Angestellte wünschten, stellte die Regierung fest, daß sich zuwenig Frauen vom Land in der Stadt befanden. Dies war deshalb ein Problem, weil die malaysische Regierung eine Quotenregelung für Arbeitsplätze eingeführt hatte: Um diesbezügliche regionale und ethnische Unterschiede auszugleichen, mußten in jedem Unternehmen 30 Prozent der Arbeitsplätze an Frauen und Männer aus ländlichen Regionen vergeben werden.

Um sowohl Quote wie auch Unternehmenswünsche in bezug auf Frauen zu erfüllen, machte sich die malaysische Regierung mit den Firmen an die Rekrutierung von jungen Frauen vom Land. Mit Erfolg: Meist arbeitslose junge Frauen sind in die Stadt gezogen und haben sich zu Tausenden anstellen lassen.

Die Angestelltenpolitik der Unternehmen in den Freihandelszonen folgt dem Prinzip «Zuckerbrot und Peitsche». In amerikanischen Firmen dürfen sich die Arbeiterinnen während der achtstündigen Arbeitszeit gerade alle drei Stunden während fünfzehn Minuten ausruhen. Mit Schönheitswettbewerben, Make-up-Kursen und Modebällen werden sie mit westlichen Werten durchtränkt und von den realen Ausbeutungsverhältnissen abgelenkt.

Die japanischen Manager sind diskreter. Sie geben sich kulturell angepaßt und ziehen die Eltern der jungen Frauen auf ihre Seite, indem sie immer wieder betonen, daß die ganze Fabrik eine «große glückliche Familie» sei und sie, die Arbeitgeber, die moralischen und verantwortungsbewußten Hüter der jungen Frauen wären. Mit dieser traditionell japanischen Firmenpolitik fällt es den jungen Arbeiterinnen schwer, sich bei ihren Eltern zu beklagen, zu besserbezahlenden, amerikanischen Firmen zu wechseln oder gar gegen die Arbeitsbedingungen zu revoltieren. Zückerchen wie Miniprämien und andere Formen von «Belohnungen» sollen die jungen Frauen motivieren, Überwachungssysteme, hohes Arbeitstempo, regelmäßige Überstunden, geringen Lohn, Nachtschichten, gefährliche Dämpfe und Säuren sowie stundenlange Arbeit über dem Mikroskop auszuhalten. Viele Frauen leiden an Seh- oder Menstruationsstörungen. Die ständige Angst, entlassen zu werden, verursacht eine Reihe von psychischen Problemen.

Freiheitsgefühl trotz allem

Trotz der harten Arbeitsbedingungen empfinden die jungen Frauen den Wechsel vom Land in die Stadt nicht nur als negativ. In Umfragen unter koreanischen Arbeiterinnen wird neben Klagen über Gesundheits- und Wohnprobleme der Wunsch geäußert, in der Stadt zu bleiben. Dies hängt mit der neugewonnenen Freiheit zusammen, aber auch mit der Angst vor einem Gesichtsverlust in der eigenen Familie. Viele junge Frauen fühlen sich verpflichtet, trotz widriger Umstände in einer Firma auszuharren, da die Eltern von ihnen finanzielle Unterstützung fordern.

In Taiwan sagten einige Frauen, sie seien froh, der harten Arbeit auf den Feldern und der Familienkontrolle entronnen zu sein. Andere Frauen, meist die ältesten Töchter, wurden von der Familie in eine Fabrik geschickt, um dem ältesten Bruder eine gute Ausbildung zu ermöglichen.

Um zu einem etwas besseren Job zu kommen und sich ein zumindest erträgliches Leben zu gestalten, müssen etliche Frauen innerhalb der Firmen auch sexuell zu Diensten stehen.

Wie die Landarbeiterinnen, so haben sich auch Fabrikarbeiterinnen immer wieder gewehrt. Sie streiken, stellen Forderungen, machen die unsäglichen Arbeitsbedingungen zu einem öffentlichen Thema. Meistens reagieren die Unternehmen mit Entlassungen. In der Regel werden nicht alle Frauen, sondern nur die sogenannten Anführerinnen vor die Tür gesetzt. Der Widerstand der Frauen führt zwar zur Entstehung eigener Organisationen, doch frauenfeindliche Strukturen der Freihandelszonen sind bis heute nicht gebrochen worden. Niemand außer den Arbeiterinnen ist an einer Änderung interessiert, sind doch die Freihandelszonen Goldesel für Staat und Unternehmen.

Migrantinnen in der europäischen Industrie

Vor der Rezession hätten wir es ohne Asylanten nicht geschafft. Bei den Schweizern, die uns das Arbeitsamt als Ferienablösungen schickte, war der Rekord ganze drei Tage. Länger hat es keiner ausgehalten, denn Schweizer machen diese Arbeit nicht. (Der Direktor der Zentralwäscherei Zürich)

Der Direktor der Zentralwäscherei Zürich spricht eine altbekannte Tatsache aus: AusländerInnen machen die Drecksarbeit für die EuropäerInnen. Was er verschweigt: Fast alle Angestellten in seinem Betrieb sind ausländische Frauen. Während die wenigen Schweizer Männer die Lastwagen mit schmutziger oder gesäuberter Wäsche transportieren, sortieren spanische und portugiesische Frauen die gesamte Wäsche.

Eine 1995 veröffentlichte Zusammenstellung des schweizerischen Bundesamtes für Statistik zeigt, daß ein Viertel des Arbeitsvolumens in der Schweiz von AusländerInnen geleistet wird. Welchen

Anteil ausländische Frauen zur Bewältigung dieses Viertels beitragen, geht aus der Statistik nicht hervor.

Aus den klassischen Einwanderungsländern sind Frauen generell nach den Männern nach Europa migriert. In den boomenden fünfziger und sechziger Jahren wurden fast ausschließlich Männer als Billigarbeiter nach Europa geholt. Erst seit der Rezession der siebziger Jahre sind Frauen begehrt. Die meisten migrierten im Zuge von Familienzusammenführungen nach Westeuropa. Sie wurden zu gefragten, sogenannt unqualifizierten Hilfsarbeiterinnen in der Industrie. Mittlerweile arbeiten Migrantinnen aus verschiedensten Teilen der Welt in der westeuropäischen Industrie. Im schweizerischen Tößtal finden sich Türkinnen in Garnspinnereien, in Kemptthal packen Brasilianerinnen Suppen ab, und im Glarnerland begeben sich täglich Tibetanerinnen und Tamilinnen zur Arbeit in eine der garnverarbeitenden Fabriken. Migrantinnen sind auch an den Kassen von Supermärkten anzutreffen, reinigen am späten Abend die menschenleeren Büros von Banken und anderen Dienstleistungsbetrieben, servieren oder arbeiten in der Küche von Restaurants.

Migrantinnen im informellen Sektor

Frauen, die auf der Straße Früchte ohne Bewilligung verkaufen; Frauen, die in New Yorker Hinterhöfen in Schwarzarbeit T-Shirts nähen; Frauen, die zu Hause verbotenerweise Bier brauen: Sie alle sind im informellen Sektor oder in der sogenannten Schattenwirtschaft tätig.

Es ist schwierig, den informellen Sektor vom formellen oder offiziellen Sektor abzugrenzen. Klar ist eines: Was im informellen Sektor erwirtschaftet wird, taucht in keiner offiziellen Statistik auf. Die meisten der Unternehmen zahlen keine Steuern. Sie halten sich weder an gesetzlich festgelegte Mindestlöhne noch an Arbeitsschutzbestimmungen. Sie und die Millionen von Einzelpersonen, die im informellen Sektor Geschäfte machen, bewegen sich in einer wirtschaftlicher Grauzone.

Ohne den informellen Sektor wäre die offizielle Wirtschaft

etlicher Länder der «Dritten Welt» schon längst zusammengebrochen. Er ist Sammelbecken und Ausweichmöglichkeit all jener MigrantInnen, die nach einer Odyssee vom Land in die Stadt von den Firmen entlassen wurden oder sich eine zusätzliche Schwarzarbeit suchen müssen, um zu überleben.

In Ländern der «Dritten Welt» nimmt die wirtschaftliche Bedeutung des informellen Sektors stetig zu. Vielerorts wird mittlerweile ein Großteil des nationalen Bruttosozialproduktes in diesem Bereich erwirtschaftet. Es ist bekannt, daß im informellen Sektor deutlich mehr Frauen als Männer arbeiten: Sie erzeugen rund zwei Drittel des dort erwirtschafteten Einkommens. Gemäß internationalen Schätzungen wird der informelle Sektor in Ghana zu 85 Prozent von Frauen dominiert, in Thailand zu 54 Prozent, in Haiti zu 91 Prozent, in Südamerika, der Karibik und in Westafrika zu 70 bis 90 Prozent.

Nicht alle Frauen, die im informellen Sektor arbeiten, werden ausgebeutet. Händlerinnen in Westafrika beispielsweise sind in der Gesellschaft hoch angesehen, und manche von ihnen haben ein Vermögen verdient.

Junge, in der Stadt neu angekommene Frauen finden sich jedoch selten auf Anhieb zurecht. Als Schwarzarbeiterinnen sind sie grundsätzlich erpreßbar. Skrupellose Arbeitgeber haben schnell das Druckmittel der Entlassung oder der Anzeige bei der Polizei zur Hand. Diese ständig in der Luft liegende Bedrohung lastet auf den meisten Frauen.

Auch im informellen Sektor haben sich Frauen immer wieder gewehrt. Im August 1995 wollten beispielsweise die Stadtbehörden von Mexiko City eine neue Verordnung zur Begrenzung des Straßenverkaufs im historischen Stadtzentrum durchsetzen. Als die Polizei eintraf, um rund 3000 Händlerinnen zu vertreiben, wurde sie von jenen mit Steinen und Flaschen beworfen. Diese Frauen hatten, bisher offiziell illegal, aber inoffiziell geduldet, auf einem Großmarkt Süßigkeiten verkauft. Zwischen dem Wert des mexikanischen Peso und der Anzahl StraßenhändlerInnen in Mexikos Hauptstadt besteht ein direkter Zusammenhang: Nachdem der Peso im Dezember 1994 abgewertet wurde, vergrößerte sich die Zahl der StraßenhändlerInnen um 70 Prozent!

Dienstmädchen

Tagesplan einer philippinischen Hausangestellten, von einem Arbeitgeber in Hongkong vorbereitet:

06.45 Uhr	*Frühstück alleine essen*
07.00 Uhr	*Frühstück für Familie vorbereiten und Wasser kochen*
07.20 Uhr	*ältestes Kind wecken und anziehen*
07.30 Uhr	*ältestem Kind Frühstück geben*
07.55 Uhr	*ältestes Kind zum Schulbus bringen*
08.15 Uhr	*jüngstes Kind wecken, anziehen und Frühstück geben*
08.30 Uhr	*Badezimmer, Schlafzimmer putzen, alle Böden aufnehmen, Möbel abstauben, Lampen mit Federwedel säubern*
10.00 Uhr	*Mittagessen vorbereiten*
10.30 Uhr	*schmutzige Kleider waschen und aufhängen*
12.15 Uhr	*ältestes Kind von der Schule abholen und seine Kleider wechseln*
12.45 Uhr	*Mittagessen kochen*
13.30 Uhr	*Mittagessen servieren und selbst essen*
14.30 Uhr	*Geschirr spülen, gewaschene Kleider bügeln und in die Schränke verteilen*
17.00 Uhr	*im Supermarkt Nahrungsmittel kaufen, Schuhe polieren, Kinder baden*
17.30 Uhr	*Kindern Snacks servieren, selbst Snack essen*
18.30 Uhr	*Nachtessen vorbereiten*
20.30 Uhr	*Nachtessen kochen*
21.30 Uhr	*Nachtessen servieren*
22.00 Uhr	*Geschirr waschen, wegstellen, Küche reinigen, Snackbox für das älteste Kind vorbereiten*

Millionen von Familien erledigen mit Hilfe eines Dienstmädchens die im Haushalt anfallenden Arbeiten. In vielen Fällen wird eine einheimische Frau angestellt, die sich beispielsweise vom Land in eine der Städte begab. Frauen, die als Dienstmädchen arbeiten, migrieren aber nicht nur innerhalb ihres Landes, sondern rund um den

Erdball. Am besten dokumentiert ist die internationale Migration der Dienstmädchen aus den Philippinen und aus Sri Lanka. Die Philippinen stellen im internationalen Vergleich nach Mexiko die meisten ArbeitsmigrantInnen. Im Sommer 1995 waren beim Arbeitsministerium in Manila sechseinhalb Millionen «Overseas Contract Workers» registriert. Frauen machen mit 47,1 Prozent beinah die Hälfte aus. Drei von vier philippinischen Migrantinnen arbeiten im Ausland als Hausangestellte, Unterhalterin oder Krankenschwester. 1990 befanden sich in Italien schätzungsweise 100 000 philippinische Dienstmädchen, in Saudi-Arabien rund 50 000 (Krankenschwestern mitgezählt), in Spanien 42 700, und in Malaysia, Kuwait und anderen Ländern mit hohem Wirtschaftswachstum waren Tausende von Filipinas als Dienstmädchen angestellt.

Zwischen 1990 und 1992 hat sich die Zahl der philippinischen Dienstmädchen in Hongkong beinah verdoppelt: Sie stieg von rund 45 000 auf fast 90 000. 1995 arbeiteten 140 000 Filipinas in den Haushalten der Hongkonger Mittelklasse. Die philippinischen Dienstmädchen in Hongkong haben sogar die Populärkultur geprägt: «Filipina Maid» ist der Namen einer beliebten und gut verkauften Puppe.

In Sri Lanka prägen Dienstmädchen die gesamte Migration: Mitte der achtziger Jahre waren 77,4 Prozent der MigrantInnen Frauen. Bei 99 Prozent handelte es sich um Frauen, die als Dienstmädchen nach Kuwait und Saudi-Arabien migrierten. 1991 wurden 53,6 Prozent aller Vermittlungen, die über offizielle Agenturen liefen, für Dienstmädchen ausgeführt. Die wichtigste Destination der muslimischen Dienstmädchen aus Sri Lanka ist Saudi-Arabien, gefolgt von Kuwait. Mitte der achtziger Jahre stammte beinahe die Hälfte der 45 000 ausländischen Dienstmädchen in Kuwait aus Sri Lanka.

In Saudi-Arabien halten sich Tausende von weiblichen Hausangestellten aus Indonesien auf. 1988 stellten sie mit 80 Prozent von insgesamt 57 000 ausländischen Dienstmädchen die absolute Mehrheit.

Auffallend viele ausländische Dienstmädchen befinden sich in Deutschland. 1988 wurde die Zahl der illegal in Deutschland arbeitenden MigrantInnen auf 200 000 geschätzt. Bei der Mehrheit soll es sich um Hausangestellte gehandelt haben, die vor allem für Familien von in Deutschland stationierten US-Soldaten arbeiteten.

Die internationale Migration von Frauen, die als Dienstmädchen arbeiten, wird von unterschiedlichsten Faktoren ausgelöst und gesteuert. Anhand des Migrationsmusters der philippinischen Hausmädchen zeigen sich zwei Tendenzen: Destinationen sind in der Regel wirtschaftlich prosperierende Länder innerhalb oder in der Nähe einer Großraumregion sowie solche, die einen kolonialgeschichtlichen oder kulturellen Bezug zum Herkunftsland haben.

Gründe, sich ein Dienst- oder Hausmädchen zu «leisten», gibt es viele: Bei Mittelstandsfamilien in Pakistan gilt es als prestigefördernd, ein ausländisches Dienstmädchen anzustellen. In Kuwait oder Saudi-Arabien ist ein Dienstmädchen bereits für Mittelstandsfamilien ein soziales «Muß». Auf der ganzen Welt finden sich Dienstmädchen in Diplomatenkreisen. Etliche arbeiten in den industrialisierten Ländern für doppeltverdienende Paare, die Kinder wollen, ohne ihre Karrieren aufzugeben. Manche alleinerziehende Mütter könnten ohne die Hilfe eines Dienstmädchens nicht arbeiten.

In Frankreich hätte ich mir ein Dienstmädchen nicht leisten können. Hier jedoch habe ich über eine Agentur eine Filipina gefunden, deren Lohnforderung im Rahmen liegt. Sie ist Gold wert. Sie betreut meinen Sohn, organisiert den Haushalt und kommt sogar mit in die Ferien. Ich glaube, ihrer Familie geht es nicht gut. Der Mann ist krank und kann nicht arbeiten. Sie schickt regelmäßig Geld nach Hause. (Eine französische Journalistin, die auf der Insel Zypern arbeitet.)

In Kuwait und Saudi-Arabien sind philippinische und singhalesische Dienstmädchen beliebt, da sie zehnmal billiger sind als Frauen aus traditionellen arabischen Ländern. Sie erhalten im Durchschnitt zwischen 100 und 170 Dollar pro Monat. In Hongkong verdienen philippinische Hausangestellte ein Vielfaches weniger als Hongkong-Chinesinnen. In Guatemala erhalten die in die Stadt migrierten Mädchen oft gar keinen Lohn, sondern werden mit Naturalien oder Kleidern «bezahlt».

Dienstmädchen, Politik und Wirtschaft

Der Verlauf der Migrationsströme von Dienstmädchen ist nicht konstant. Die «Auswanderungswelle» philippinischer Frauen beispielsweise begann in den frühen siebziger Jahren. Nach dem Ende des Vietnamkriegs stürzte das Land in eine Rezession. Der damalige Präsident Ferdinand Marcos beutete die nationale Wirtschaft mit Hilfe des ausgerufenen Kriegsrechts und dem Transfer von Millionen Dollars auf seine ausländischen Konten zusätzlich aus.

Die auswanderungswilligen Filipinas waren nicht in allen prosperierenden Ländern erwünscht. Malaysia beispielsweise hat erst ab 1986 die rechtmäßige Einreise von ausländischen Dienstmädchen erlaubt und zum ersten Mal Lizenzen für offizielle Rekrutierungsagenturen vergeben. 1994 haben circa 7 000 Filippinas in vor allem nichtmuslimischen, malaysischen Haushalten gearbeitet. Etwa 10 Prozent von ihnen reisten als Touristinnen ein und arbeiteten illegal.

Ein Blick auf Sri Lanka und die erdölproduzierenden Golfstaaten zeigt, was Dienstmädchen mit Politik und Wirtschaft zu tun haben. Sri Lanka schickte Ende der siebziger Jahre Arbeitskräfte in den Nahen Osten, nachdem die demokratische Partei, die 1977 die Wahlen gewonnen hatte, erstmals das Land für ausländische Investitionen öffnete und die Arbeitsmigration in den Nahen Osten und insbesondere in die Golfstaaten zu fördern begann.

In Kuwait hat die Zahl der südostasiatischen ArbeitsmigrantInnen zwischen 1974 und 1977 und insbesondere ab Mitte der achtziger Jahre zugenommen. 1980 befanden sich so viele ArbeitsmigrantInnen im Lande, daß nur noch 41,6 Prozent der Bevölkerung Einheimische waren. Die auffallende Zunahme südostasiatischer ArbeitsmigrantInnen kam nicht von ungefähr: Zwischen 1974 und 1977 stiegen die Erdölpreise rasant an. Während die Industrienationen in eine Rezession schlitterten, begann Kuwaits Wirtschaft zu prosperieren.

MigrantInnen aus Südostasien galten als zuverlässiger und arbeitsamer als jene aus den traditionellen arabischen Staaten. Da sie außerdem weniger Lohn verlangten, waren sie nicht nur in Kuwait, sondern auch in Saudi-Arabien und anderen erdölfördernden Staaten auf der arabischen Halbinsel gefragte Arbeitskräfte in der Bauindustrie und dem Dienstleistungssektor. Lediglich der kleine Staat Qatar bildete eine Ausnahme: Er verbot die Einreise von Dienstmädchen aus Sri Lanka mit der Begründung, Sri Lanka unterstütze Israel. Diese Form wirtschaftspolitischer Schelte hat auf der arabischen Halbinsel Tradition. Als sich die jemenitische Regierung und die Vertretung der PalästinenserInnen während des Golfkrieges auf die Seite des Iraks stellten, hat die Regierung von Kuwait Tausende von palästinensischen GastarbeiterInnen aus dem Land gejagt. 1990 mußte eine knappe Million jemenitischer MigrantInnen Saudi-Arabien innerhalb weniger Wochen verlassen.

Kaum waren die Erdölpreise Mitte der achtziger Jahre in Kuwait gesunken, hat die Herrscherfamilie die Einwanderungspolitik verschärft. Trotzdem lebten auch noch 1991 rund 76 000 Dienstmädchen aus Sri Lanka in Kuwait. Sie wurden Opfer einer weiteren Form der Politik: des Krieges. Nach dem Ende des Golfkrieges waren die meisten dieser vorwiegend jungen Frauen traumatisiert. Sie hatten miterleben müssen, wie irakische Soldaten das kleine Land überrannten und ausplünderten. Fast alle Frauen waren verschuldet und hatten ihre wenigen Ersparnisse aufgebraucht.

In die Falle des Bürgerkrieges und des damit zusammenhängenden wirtschaftlichen Zusammenbruchs sind jene 25 000 singhalesischen Dienstmädchen geraten, die im Libanon arbeiten. Da die rapid angestiegene Inflation ihren gesamten Lohn zunichte machte, sind die Frauen seit Jahren nicht in der Lage, das nötige Geld für einen Rückflug nach Sri Lanka zu sparen.

Genf ist ein Beispiel dafür, wie sich das Gerangel um Prestige und wirtschaftlichen Gewinn auf die Situation von Dienstmädchen auswirken kann. In Genf arbeiten zahlreiche ausländische Dienstmädchen in Familien von DiplomatInnen. Laut der Genfer «Gewerkschaft ohne Grenzen» ist es seit 1990 zu 50 Konflikten zwischen dem diplomatischen Personal und den Hausangestellten gekommen. Die weder von den Schweizer Behörden noch von den DiplomatInnen anerkannte Gewerkschaft schreibt in einem Bericht, daß Dienstmädchen in fünf Fällen als eigentliche Sklavinnen gehalten worden seien. Sie hätten weder Ausweise besessen noch Lohn erhalten, weder Freizeit noch Ausgangsrecht gehabt und seien manchmal mißhandelt worden. In weiteren zehn Konfliktfällen hätten die Dienstmädchen nur zwischen 200 und 800 Franken verdient.

Der Schweizer Regierung ist diese Misere bekannt. Sie hat sogar bereits Vorarbeiten für einen Modellvertrag zwischen ArbeitgeberInnen und Dienstmädchen initiiert. Er beinhaltet einen Mindestlohn gestuft nach Altersklassen, eine «Beschränkung» der Arbeitszeit auf fünfzig Stunden pro Woche, die Verpflichtung zur Bezahlung der Sozialausgaben und Krankenhauskosten sowie eine Anpassung der Löhne an die Teuerung. Im Falle eines Konfliktes wäre dieser Modellvertrag die Grundlage für ein Schlichtungsgericht gewesen.

Er ist bis heute schubladisiert, da das internationale Tauziehen um den künftigen Sitz der GATT-Nachfolgerin «World Trade Organisation» (WTO) begonnen hat. Die Schweiz reagierte schnell und nutzte sämtliche Standortvorteile aus, um Genf zu propagieren. Als einer der Trümpfe entpuppte sich ihre Haltung, angesichts der Arbeitsbedingungen von ausländischen Dienstmädchen ein Auge zuzudrücken beziehungsweise die Lage zu belassen, wie sie war.

Agenturen und informelle Netzwerke

Die internationale und nationale Migration von Dienstmädchen wird über staatliche und private Agenturen sowie über informelle Netzwerke geregelt. In Guatemala beispielsweise bestehen seit dem letzten Jahrhundert Beziehungen zwischen Arbeitsagenten aus den Tälern und Familien in der Hochebene. Die Agenten, die jedes Jahr auftauchen, bieten neben Arbeit in den tiefgelegenen Plantagen auch Stellen für Dienstmädchen an. Aufgrund eines über Jahre gewachsenen Vertrauensverhältnisses fällt es den Agenten leicht, eine zögernde Familie davon zu überzeugen, eine der Töchter in die Stadt zu schicken. Sie schießen den Familien einen Teil des Lohnes vor, den das Mädchen verdienen wird, und organisieren dessen Reise in die Stadt.

In Sri Lanka und auf den Philippinen existieren sowohl staatliche wie auch private, illegal operierende Agenturen. Filipinas, die als Dienstmädchen in Hongkong arbeiten, haben ihre Stelle über einen privaten Arbeitsvermittler oder mit Hilfe von Mund-zu-Mund-Propaganda gefunden. Diese informellen Netzwerke, die im Laufe der Zeit entstehen, sind nicht zu unterschätzen. Jene Frauen, die bereits einmal im Ausland gearbeitet haben, erzählen nicht nur von ihren Erfahrungen, sondern empfehlen Freundinnen oder Bekannte weiter.

MigrantInnen in Sri Lanka wurden immer wieder von skrupellosen Vermittlern ausgenützt. Deshalb führte die Regierung 1980 ein spezielles Gesetz ein, das die Kontrolle der Rekrutierungen fürs Ausland ermöglichen sowie die Interessen der MigrantInnen schützen sollte. Wer eine Agentur eröffnen wollte, hatte eine Jahresgarantie vorzuweisen. Da viele das zur Registrierung nötige Kapital weder aufbringen konnten noch wollten, existieren in Sri Lanka neben den offiziell registrierten Agenturen mindestens ebenso viele illegale. Das große Geschäft wird mit den illegalen und nicht mit den registrierten Agenturen gemacht.

Für migrationswillige Frauen hat das Außenministerium von Sri Lanka eine Broschüre drucken lassen. Darin wird darauf hingewiesen, daß die Leute in den Golfstaaten, die ein Dienstmädchen anstellen, nicht immer sehr reich seien und eine hohe Arbeitsleistung erwarteten.

Singhalesische Agenturen rekrutieren Frauen in der Regel über Anzeigen, ein agentureigenes Register, über Subagenten, welche in die Dörfer fahren, oder über persönliche Kontakte.

Nicht jede Frau ist als Dienstmädchen gefragt. Will sie nach Saudi-Arabien, muß sie mindestens dreißig Jahre alt sein. Für Kuwait reicht ein Mindestalter von 18 Jahren. Das tolerierte Maximalalter bewegt sich zwischen 35 und 40 Jahren. Die Frau braucht von der lokalen Polizei eine Bestätigung, daß sie noch nie straffällig war. Eine medizinische Untersuchung ist obligatorisch. Stellt sich heraus, daß die Bewerberin schwanger ist, wird ihre Bewerbung sofort abgelehnt. Schwangerschaft gilt als einziger «legitimer» Grund, ein Dienstmädchen während der ersten drei Monate nach Arbeitsantritt in das Herkunftsland zurückzuschicken.

Ein potentielles Dienstmädchen sollte Muslimin sein, über ein sogenannt «ansprechendes Äußeres» verfügen und Englischkenntnisse besitzen.

Nachdem Daten und ein Foto der Interessentin der Partneragentur übermittelt worden sind, liegt es an den künftigen Arbeitgebern im Zielland, ob die Frau angestellt wird. Ausschlaggebend ist letztlich meist das eingesandte Foto.

Eine ausgewählte Frau erhält Paß, Visum und Flugticket erst am Tag ihres Abfluges ausgehändigt. Zu jenem Zeitpunkt wird sie von ihrem Agenten auch im Schnellverfahren über Sitten und Bräuche an ihrem künftigen Arbeitsort informiert.

Die wenigsten Frauen beginnen ihre neue Anstellung, ohne sich dafür verschuldet zu haben. Die Agenturen verlangen hohe Gebühren, wofür die Frauen Kredite aufnehmen müssen. In den Philippinen kostet eine Anstellung durchschnittlich 900 Dollar, in Sri Lanka zwischen 500 und 1 000 Dollar. Filipinas, die in Hongkong arbeiten möchten, müssen oft bis zu 2 000 Dollar aufbringen. Die Frauen brauchen Monate, um diese Summe inklusive der meist überrissenen Zinsen abzuzahlen. Jene, die mit dem verbleibenden Lohn nicht durchkommen und sich beispielsweise in Hongkong zu einem kleinen Übergangskredit überreden lassen, geraten zusätzlich in den Strudel der Verschuldung. Zinssätze bis zu 60 Prozent fressen immer größere Teile ihres Lohnes. Deshalb bleibt vielen Filipinas als letzter Ausweg aus der finanziellen Not nur der Kurierdienst für Drogenhändler oder die Prostitution.

In Sri Lanka hängen die hohen Gebühren nicht nur mit der Geldgier der Agenten zusammen. Sie resultieren aus einem zunehmenden Ungleichgewicht zwischen Angebot und Nachfrage. Dienstmädchen sind in Kuwait und Saudi-Arabien nicht mehr so begehrt wie zu Zeiten des Ölbooms. Gleichzeitig gibt es in Sri Lanka immer noch Tausende von Frauen, die eine Anstellung als Dienstmädchen als beste Strategie betrachten, um die Situation ihrer Familie zu verbessern. Aufgrund des Nachfrage-Überschusses müssen Agenten in Sri Lanka mittlerweile bezahlen, um künftige Dienstmädchen in die Golfstaaten schicken zu dürfen.

Unzähligen Frauen aus Ländern der «Dritten Welt» wurde eine Stelle als Dienstmädchen versprochen. Statt dessen wurden sie von ihren VermittlerInnen direkt an Bordelle verkauft.

Auch für manche singhalesische Frau ist die Reise zur Odyssee geworden. Da die Golfstaaten auf dem Inselstaat nicht durch Botschaften vertreten sind, wurden Frauen von skrupellosen Agenten nach Pakistan oder in ein anderes Land geschickt, um sich dort das benötigte Visum zu besorgen. Nach der Ankunft mußten sich die meisten prostituieren, um die Rückreise finanzieren zu können.

Körper bis aufs letzte ausgenützt

Gemäß den Frauenorganisationen aus Sri Lanka besteht der gewöhnliche Alltag eines Dienstmädchens aus einer ununterbrochenen Folge von 18-Stunden-Tagen. Freizeit gibt es keine, freie Tage schon gar nicht. Arbeit in einem Großfamilienhaushalt, sei es in Kuwait oder in Hongkong, bedeutet: die gesamte Wäsche von Hand waschen, stundenlang Gemüse rüsten, aufwendige Gerichte kochen und Geschirr ohne Maschinen spülen. Für die zahlreichen Gäste, die im Laufe eines Tages auftauchen und mit frisch aufgegossenem Tee bedient werden müssen, hat ein Dienstmädchen immer zu lächeln.

Und wenn sie dich 15, 16 Stunden arbeiten lassen, wenn du ihren Laden hüten oder nebenbei auch noch für den Rest der Familie arbeiten mußt – wie willst du dich wehren? Die wissen genau, daß wir das Geld brauchen. (Eine philippinische Hausangestellte in Hongkong)

In sämtlichen Studien über Dienstmädchen wird auf die sexuelle Ausbeutung hingewiesen. Die meisten Männer des Hauses erwarten von einem Dienstmädchen sexuelle Verfügbarkeit, da sie eine Hausangestellte als «praktisches Multipack» betrachten: Mit einer einzigen Frau können sie das soziale Prestige der Familie erhöhen, ihre eigenen Frauen von mühseligen Arbeiten befreien und unter ihrem eigenen Dach ihre sexuelle Lust nicht nur mit ihrer Ehefrau befriedigen.

Von den illegal in Deutschland arbeitenden Dienstmädchen heißt es, sie würden von ihren Arbeitgebern «nicht selten» sexuell mißbraucht. In Lateinamerika scheint die «Dienstmädchen-Anstellung» die weitestverbreitete, häusliche Form von Zwangsprostitution zu sein. Millionen von «muchachas», wie die Dienstmädchen in einigen lateinamerikanischen Ländern genannt werden, haben ihren Arbeitgebern sexuell zur Verfügung zu stehen. Weigern sie sich, ist ihnen die Entlassung sicher. Oft werden sie zusätzlich schikaniert und eines nicht begangenen Diebstahls angeklagt.

Die kuwaitischen Arbeitgeber unterscheiden sich in keiner Hinsicht bezüglich der Ausbeutung und der Mechanismen im Falle der Verweigerung von den lateinamerikanischen Männern.

Singhala Bolasa ist eine 20jährige Singhalesin, die in Kuwait als Dienstmädchen arbeitete. Sie wurde von ihrem Arbeitgeber vergewaltigt und danach über den Balkon geworfen. Wie durch ein Wunder hat sie den Sturz überlebt und wurde mit zwei gebrochenen Handgelenken und inneren Blutungen in ein Spital eingeliefert.

Bei Singhala Bolasa handelt es sich um keinen krassen Ausnahmefall. In Kuwait sind körperliche und sexuelle Gewalt an Dienstmädchen die Regel. Etliche Dienstmädchen werden von der Hausherrin schikaniert und auch mißhandelt. Andere erhalten den vertraglich vereinbarten Lohn nur zum Teil oder gar nicht ausbezahlt. Verlassen sie das Haus ohne die ausdrückliche Erlaubnis des Hausherrn, werden nicht wenige von ihnen geschlagen. Die meisten Dienstmädchen stehen unter enormem psychischem Druck: Der Hausherr braucht nur zum Telefon zu greifen, will er seine Hausangestellte loswerden beziehungsweise abschieben. Frauen, die zur Polizei geflohen sind und ihre Arbeitgeber angeklagt haben, wurden an ihren Arbeitsort zurückgebracht oder von den Polizisten vergewaltigt.

1991, nach Ende des Golfkrieges, flohen 2000 asiatische Dienstmädchen aus den Häusern ihrer ArbeitgeberInnen und suchten Zuflucht bei den entsprechenden Botschaften. Etliche haben ausgesagt, daß sie vom Hausherrn vergewaltigt worden waren. Beinah alle waren durch Schulden an ihre Arbeitgeber gebunden und besaßen keinen Paß, da ihnen dieser bei der Einreise weggenommen worden war. Die kuwaitische Regierung spielte diese Anklagen herunter und verhaftete lediglich fünf Männer. Erst nachdem sich Berichte über die Mißhandlungen an ausländischen Dienstmädchen häuften, bequemte sich die Herrscherclique von Kuwait, von «einigen existierenden Problemen» zu sprechen. Im gleichen Atemzug beschuldigte sie jedoch sowohl die Dienstmädchen als auch die Herkunftsländer, «die Probleme» verursacht zu haben. Deren Botschaften reagierten zurückhaltend: Sie befürchteten, daß im Falle eines Protestes künftig keine Frauen mehr nach Kuwait einreisen dürften. Lediglich die philippinische Regierung hat aufgrund zunehmender Berichte über Ausbeutung und Vergewaltigung von Dienstmädchen in den Ölstaaten Konsequenzen gezogen: Filipinas dürfen keine neuen Verträge unterschreiben. Bis zum Jahre 2000, so der Vorschlag einer eigens eingesetzten Kommission, sollten alle dort arbeitenden philippinischen Hausangestellten wieder zu Hause sein.

1995 wurde in Kuwait eine 16jährige Filipina zum Tode verurteilt. Die junge Frau brachte ihren Arbeitgeber, der sie mehrmals vergewaltigt hatte, aus Notwehr um. Im ersten Verfahren glaubte das Gericht ihren Darstellungen und verurteilte die Frau zu sieben Monaten. Die philippinische Regierung wollte jedoch einen Frei-

spruch und zog den Prozeß weiter. Das Resultat ihrer Bemühungen: Die Richter mißtrauten der Filipina und verurteilten sie zum Tode. Nach einer Welle von internationalen Protesten lenkte das Gericht ein. Die Filipina wurde zu hundert Stockschlägen verurteilt, zu einem an die Familie des Toten zu bezahlenden «Blutgeld» sowie anschließender Landesverweisung. (Verschiedene Zeitungsberichte von 1995)

Viele Frauen kehren traumatisiert und mit schweren körperlichen Schäden in ihre Länder zurück. Trotzdem bewerben sich etliche erneut für eine Stelle als Dienstmädchen, wenn sich die Situation ihrer Familie nicht verbessert hat.

Krankenschwestern und Lehrerinnen

Weltweit sind zwei Länder der «Dritten Welt» für den «Export» von Krankenschwestern bekannt: die Philippinen und Indien beziehungsweise dessen südlicher Bundesstaat Kerala. In den Philippinen schließen jedes Jahr Tausende von Frauen eine Krankenschwester-Ausbildung ab. Im Juni 1990 beispielsweise wurden 7 350 Krankenschwestern neu registriert. Mehr als die Hälfte, nämlich 60 Prozent aller philippinischen Krankenschwestern, verlassen jedoch ihr Land. Sie treten eine Stelle im Mittleren Osten, in den USA, in Australien oder Europa an. Allein zwischen 1985 und 1987 befanden sich 65 940 philippinische Krankenschwestern im Ausland.

Migriert sind sie, weil sie mit dem Lohn, den sie im eigenen Land verdienen würden, ihre eigene Familie nicht ernähren könnten. In den industrialisierten Ländern sind die Arbeitsbedingungen verhältnismäßig attraktiv: Eine philippinische Krankenschwester verdient in den USA 2 000 bis 3 000 Dollar im Monat, im Mittleren Osten 400 bis 600 Dollar. Oft sind Mahlzeiten und Unterkunft bezahlt sowie ein Flugticket alle sechs Monate für einen Heimurlaub.

Die «Arbeitsexportpolitik» der philippinischen Regierung fördert die Emigration zusätzlich. Aggressive Agenturen und eine westlich orientierte Krankenschwestern-Ausbildung unterstützen die Abwanderung ebenfalls.

Im Falle des südindischen Bundesstaates Kerala sind sämtliche nach Westeuropa migrierten Krankenschwestern Christinnen. Viele haben in Spitälern von Deutschland und der Schweiz gearbeitet.

Wie Dienstmädchen sind auch Krankenschwestern in Industrieländern begehrt, da sie bei gleichwertiger Qualifikation weniger kosten als einheimisches Personal. So wie Saudi-Arabien jahrelang thailändische Krankenschwestern anwarb, haben auch Schweizer Spitäler während einer gewissen Zeit gezielt bolivianische Krankenschwestern rekrutiert.

Zur Migration von Lehrerinnen und Professorinnen gibt es eine Studie über ägyptische Frauen, die in den siebziger Jahren in Kuwait oder Saudi-Arabien unterrichteten. Migrationswillige ägyptische Lehrerinnen oder Professorinnen waren meistens verheiratet und um die vierzig Jahre alt. Da sie in Kuwait oder Saudi-Arabien in vier Jahren doppelt so viel verdienten wie in Ägypten nach dreißig Jahren, hatten ihre Ehemänner in der Regel keine Einwände gegen die Migration. Dies galt vor allem für die obere Mittelschicht, wo der Entscheidungsprozeß in den meisten Fällen nicht unter den Ehepartnern ablief, sondern unter den Freundinnen der betroffenen Frauen. Im Freundinnenkreis wurde nicht zuletzt abgeklärt, wer bereit wäre, den zurückgelassenen Ehemann in den praktischen Dingen des Alltags, angefangen von der Wäsche bis zur Essenszubereitung, zu unterstützen.

Abgesehen von den verheirateten Frauen machten sich auch einige wenige ledige Frauen auf den Weg. Während unverheiratete Frauen aus der oberen Mittelschicht ebenfalls mehr oder weniger selbständig entscheiden konnten, hatten jene der unteren Mittelschicht gegen ihre männlichen Verwandten zu kämpfen. Diese waren gegen die Migration, weil sie um den Ruf der Frau fürchteten. Am liebsten hätten sie die migrationswillige Frau verheiratet und unter die «sichere Haube» gebracht. Doch da sie meistens zuwenig Geld für die benötigte Brautsteuer hatten, mußten sie die weiblichen Familienmitglieder ziehen lassen.

Ehemänner und männliche Verwandte brauchten sich um die «Ehre des Hauses» keine Sorgen zu machen: «Ihre» Frauen wurden an den Arbeitsorten beinah wie Gefangene gehalten – wenn auch zum Teil in «goldenen Käfigen». In Saudi-Arabien durften die zwischen vierzig und fünfzig Jahre alten ägyptischen Lehrerinnen zwar allein in einem Apartment wohnen, doch alle ihre Bewegungen wurden organisiert und kontrolliert. Trotz Klagen über die beinah totale Isolation äußerten sich die Frauen in der Untersuchung auch begeistert über die amerikanischen Konsumgüter und den hohen Lebensstandard.

Sextourismus

Charlotte Brauer geht dieses Jahr nach Kenia in die Ferien. Am Strand, so hat sie gehört, gebe es wunderschöne, schwarze Männer. Die seien nicht nur gut im Bett, sondern auch relativ anspruchslos. Eine ihrer Freundinnen hat ihr gesagt, die Schwarzen hätten es gern, wenn man ihnen eine Matratze oder etwas Schönes zum Anziehen schenke. Charlotte Brauer stört das nicht. Sie will endlich einmal guten Sex ohne Beziehungskomplikationen.

Albert Moser steht seit Jahren auf Geschlechtsverkehr mit Knaben. Je jünger diese sind, desto besser. Leider versteht ihn in seiner Schweizer Umgebung niemand, ja, er muß seine Leidenschaft heimlich ausüben, in ständiger Angst, ertappt und angeklagt zu werden. In Sri Lanka hat er hingegen keine Probleme. Zigtausend Knaben stehen ihm zur Verfügung. Sie sind freundlich, haben eine glatte Haut und verlangen sozusagen nichts. Da Moser weiß, daß diese Jungen aus armen Verhältnissen kommen, gibt er ihnen meist mehr, als sie verlangen.

Horst Messer studiert Ökonomie und Politologie. Während der letzten Semesterferien ist er nach Thailand gefahren. Über die dort verbreitete Prostitution war er informiert, natürlich flog er nicht deswegen hin. Ihn interessierten vor allem die thailändischen Kulturgüter. Als er in Bangkok in einer Bar die hübsche B. kennen-

lernte, hat er sich sofort in sie verliebt. Er zahlte ihr anstandslos die zehn Tage und Nächte, die sie zusammen verbrachten, und schenkte ihr zum Abschied einen silbernen Armreif.

Vorbemerkung

«Sextourismus» wird automatisch mit Männern aus reichen Industrieländern assoziiert, die billigen Sex mit Frauen aus Ländern der «Dritten Welt» suchen. Daß es auch Frauen gibt, die aus denselben Gründen in die Ferien fahren, soll an dieser Stelle erwähnt, wenn auch nicht ausgeführt werden.

Untersuchungen über das Verhalten von Sextouristinnen gibt es wenige: Einerseits handelt es sich hierbei immer noch um ein Tabuthema; andererseits ist die Zahl der Sextouristinnen vergleichsweise gering. Im Unterschied zu den Sextouristen haben sie höchstens im lokalen Rahmen sozioökonomische Strukturen verändert.

Tourismus: Eine der größten Wachstumsbranchen

Der internationale Tourismus gehört zu den weltweit wichtigsten Wachstumsbranchen. Das vom Tourismus erwirtschaftete Einkommen macht 10 Prozent des globalen Bruttosozialproduktes aus. Der «World Travel & Tourism Council» erwartete allein für 1995 ein Einkommen von 3400 Milliarden Dollar. In zehn Jahren sollen es doppelt so viel sein. Jährlich werden 700 Milliarden Dollar in den Tourismusbereich investiert, 1995 arbeiteten 210 Millionen Menschen in dieser Branche. Mit den künftigen Investitionen sollen innerhalb der nächsten zehn Jahre 130 Millionen neue Arbeitsplätze geschaffen werden.

Der internationale Tourismus überzieht die Welt nicht mit einem gleichmäßig angeordneten Muster. Im Gegenteil, der Hauptanteil der Investitionen fließt in ausgewählte Regionen: in den karibischen Raum und nach Südostasien. Etliche Länder in diesen beiden Großräumen sind verschuldet. Begehrte, aber gleichzeitig verschuldete Tourismusdestinationen sind beispielsweise die Dominikanische Republik, die Philippinen und Thailand.

Zwischen Tourismus und Verschuldung besteht ein direkter Zusammenhang: Der «Internationale Währungsfonds» (IWF), der für verschuldete Länder Programme zum Abbau des Schuldenbergs ausarbeitet, empfiehlt die Förderung des Tourismus als eine Möglichkeit, den Anschluß an die Weltwirtschaft zu finden. Tourismus, so die weitverbreitete Ansicht, bringt Devisen in ein verschuldetes Land und schafft gleichzeitig Arbeitsplätze. Ein erster Blick auf die drei bereits erwähnten Länder bestätigt diese Behauptung: 1986 soll Thailand 1,5 Milliarden Dollar durch das Tourismusgeschäft verdient haben. Auf den Philippinen war der Tourismus bereits Anfang der achtziger Jahre die drittgrößte Devisenquelle. In der Dominikanischen Republik machen die Einnahmen aus der Tourismusbranche rund 40 Prozent des gesamten erwirtschafteten Vermögens aus.

Sogar Nachfrage und Angebot scheinen sich auf harmonische Art und Weise ergänzt zu haben. Seit den siebziger Jahren haben Reisen aus den Industrieländern in Länder der «Dritten Welt» enorm zugenommen: Fuhren Mitte der siebziger Jahre lediglich 8 Prozent aller nordamerikanischen und europäischen TouristInnen in ein «Dritte-Welt»-Land, so waren es zehn Jahre später bereits 17 Prozent. Laut einer Studie des deutschen Bundesministeriums für wirtschaftliche Zusammenarbeit und Entwicklung hat sich die Anzahl Deutscher, die Länder der «Dritten Welt» bereisten, zwischen 1981 und 1991 verdreifacht. 1981 flogen 817 000 Deutsche in ein Land der «Dritten Welt»; zehn Jahre später waren es bereits 2,44 Millionen. Angesichts eines wachsenden Freizeitbooms in den Industriestaaten scheint der Tourismus auch für die Zukunft das richtige Pferd, worauf die verschuldeten Länder der «Dritten Welt» gesetzt haben.

Würden von den Einnahmen aus dem Tourismusgeschäft, die ein Land der «Dritten Welt» jährlich erwirtschaftet, die Ausgaben für den Auf- und Ausbau sowie die Pflege der aufwendigen Infrastruktur abgezogen, wäre die Bilanz in den meisten Fällen negativ. Da sehr viele Hotelkomplexe und Tourismusanlagen im Besitz eines internationalen Konsortiums sind, das die Gewinne direkt auf ein ausländisches Konto fließen läßt, sind nicht die Länder der «Dritten

Welt» die Hauptverdiener, sondern die Industrieländer: So nehmen die USA durch das Geschäft mit dem Tourismus rund 26 Milliarden Dollar pro Jahr ein. Nach Spanien fließen jährlich 14 Milliarden, nach Frankreich 11 Milliarden Dollar.

Vom Tourismus zum Sextourismus: Zuerst eine Frage der Optik

Auf Männer zugeschnittener, in Ländern der «Dritten Welt» angebotener Sextourismus ist die logische Konsequenz einer bestimmten Sichtweise. Es geht um die Art und Weise, wie weiße Männer die Frauen und insbesondere die Frauen aus Ländern der «Dritten Welt» sehen.

Schon die ersten, von machtsüchtigen europäischen Staaten übers Meer geschickten Männerexpeditionen haben die dort lebenden Frauen als «Natur» oder «Ressource» wahrgenommen. Ob sie eine Goldreserve ausbeuteten oder eine Frau vergewaltigten, war in ihren Augen kein Unterschied. Diese Optik hat die Kolonisierung überdauert, sie existiert als grundsätzliche Struktur auch heute. Eine ähnliche, instrumentalisierende Wahrnehmung führt dazu, daß Frauen weltweit als nationale Kulturträgerinnen betrachtet und eingesetzt werden: Frauen aus Ländern der «Dritten Welt» sind heute ebenso wichtig bei der Vermarktung von Kultur und gewisser Werte, wie es die deutschen Frauen um die Jahrhundertwende waren, die als Vorzeigemodelle für deutsche «Tugenden» wie Fleiß und Redsamkeit in die Kolonien geschickt wurden.

In «The Economist», einem seriösen englischen Wirtschaftsmagazin mit wenig Fotos, viel Tabellen und einem klassischen Layout in Schwarzweiß, wurde 1995 ein Buch mit dem Titel «The Brazilians» besprochen. Unter dem Titel ist ein Foto mit drei lächelnden Brasilianerinnen im Bikini. Die Legende zum Foto hieß «berauschend, herrlich und lieblich».

Handelt nun das Buch von Brasilianerinnen am Strand? Weit gefehlt. Der über 400 Seiten dicke Wälzer ist laut Besprechung das Werk eines Professors. Und die Bildlegende? Bezieht sie sich auf die Frauen Brasiliens? Mitnichten. Sie gibt jene Worte wieder, die drei Entdecker beim erstmaligen Anblick der brasilianischen Küste ausgestoßen haben sollen.

Reisekataloge ohne sexistische Optik sind selten. Wie die Palme oder der strahlend blaue Himmel, so scheint auch der Körper einer Frau zu einem Strand oder einem Swimmingpool zu gehören. Die Tourismusbranche spricht nicht von ungefähr von den vier «S», die für «Sex, Sonne, Strand und See» stehen. Ökonomisch gesehen gibt es keinen Grund, das erste «S» aus dem Tourismuslatein zu streichen. Denn mit «Sex» und dem damit verbundenen Tourismus lassen sich Millionen verdienen. Daß die Profiteure vor allem Männer sind, angefangen beim Reiseveranstalter über Regierungsvertreter der entsprechenden Destinationen bis hin zu zahlreichen Individuen wie Polizisten, Zuhältern und Bordellbesitzern, erstaunt angesichts der aktuellen geschlechtsspezifischen Weltordnung nicht.

Militärbasen und gezielte (Sex-)Tourismusförderung

Unter den bekannten Reisezielen in der «Dritten Welt» haben sich nur gewisse Länder einen Namen als internationale Sextourismusdestinationen gemacht. Thailand ist so bekannt, daß es respektlos als «Größtes Bordell Asiens» bezeichnet wird. Das Image der Dominikanischen Republik als Sextourismusdestination färbte sich auf jenes der Dominikanerinnen ab: «Die Dominikanerin» gilt mittlerweile als Synonym für «eine Prostituierte aus der Karibik». Schätzungsweise Hunderttausende Sextouristen reisen jährlich in die Philippinen, die Dominikanische Republik, nach Brasilien, Kenia und Sri Lanka.

In Thailand sollen bereits 1982 71,3 Prozent aller TouristInnen Männer gewesen sein. Laut der erwähnten deutschen Studie waren Anfang der neunziger Jahre 63,7 Prozent aller deutschen TouristInnen, die nach Thailand reisten, männlichen Geschlechts.

Von beinah einer Million Deutschen, die die Philippinen besuchten, waren 81,9 Prozent Männer; bei der Destination Indonesien betrug der Anteil der Männer 60,8 Prozent.

Eine relativ «junge» beziehungsweise «aufgefrischte» Destination für Sextouristen ist Kuba. Zwischen 1993 und 1995 wuchs die

Tourismusindustrie um beinah die Hälfte an. Rund 630 000 TouristInnen, davon etwa 63 Prozent Männer, haben das Land während jener zwei Jahre besucht.

Die international bekannten Sextourismusdestinationen zeichnen sich nicht nur durch Verschuldung und Verarmung aus. Sie alle haben gezielt den Tourismus angekurbelt. Gewisse Länder waren US-Militär-Stützpunkte oder Nahurlaubsdestinationen für amerikanische Soldaten. Thailand und die Philippinen gelten als klassische Beispiele für den Zusammenhang zwischen Sextourismus und Militärpräsenz. Thailand hat sich während des Vietnamkriegs für Zehntausende amerikanischer Soldaten zur «Rest & Recreation»-Destination entwickelt. «Rest & Recreation», eine eigens für frustrierte, ausgepowerte US-Soldaten entwickelte Form von Fastfood-Urlaub, warb von Anfang an mit einem Angebot an Vergnügungszentren und käuflichem Sex. Nach dem Ende des Vietnamkrieges mußte die thailändische Regierung die aufgebaute Infrastruktur lediglich aufpeppen und publikumswirksam an potentielle Sextouristen in den Industrieländern bringen. Die Rechnung ist aufgegangen: Die Zahl der Thailand-TouristInnen hat sich allein zwischen 1985 und 1989 verdoppelt.

Auf den Philippinen haben die USA bis vor kurzem zwei militärische Stützpunkte besessen. Seit der Anfangszeit, den siebziger Jahren, haben sich rund herum Prostitutionszentren entwickelt. Als die Amerikaner Anfang der neunziger Jahre aus der Base «Subic Bay» abzogen, hinterließen sie 600 Vergnügungseinrichtungen mit rund 7 000 philippinischen «hospitality girls». Angeles City war die «Rest & Recreation»-Area für die in «Clark Air Base» stationierten US-Soldaten. Obwohl die letzten Soldaten 1992 den Stützpunkt verließen, florieren Bordelle, Nightclubs und Stripteaselokale in Angeles City wie nie zuvor. Laut Frauenorganisationen hat sich das Ausmaß der Prostitution nach dem Abzug des Militärs verdoppelt. Den Platz der Soldaten haben australische Touristen eingenommen. Als Grund für den Aufschwung von Angeles City erklären sich lokale NGOs unter anderem das rigorose Vorgehen der philippinischen Regierung gegen die Rotlichtbezirke in der Hauptstadt

Manila. Seither weichen Barbesitzer und Touristen immer häufiger nach Angeles City aus.

Pseudokritische Texte statt plumper Werbung

Der internationale Sextourismus beruht auf dem Wohlstandsgefälle und den sexuellen Bedürfnissen von Männern. Männer, die nicht wissen, daß in gewissen Ländern der «Dritten Welt» billiger Sex zu haben ist, müssen darauf aufmerksam gemacht werden – wenn das Geschäft laufen soll. Bis vor einigen Jahren haben deutsche und schweizerische Reiseveranstalter zwecks Kundenfangs nicht groß um den Brei herum geredet. Aufgrund massiver Proteste von Frauenorganisationen sind sie vorsichtiger geworden. Heute ist lediglich von einem «vielfältigen Nachtleben» die Rede, das «keine Wünsche» offenläßt. Der Schweizerische Reisebüroverband nannte im Leitbild von 1991 sogar einen «moralisch und ethisch einwandfreien Tourismus» als sein Ziel.

Für Kuba wird teilweise so unverblümt geworben wie in Westeuropa vor einigen Jahren für Thailand. In Mexiko City bieten Reisebüros während der Weihnachtszeit sogenannte «sex-packages» an. Kolumbianische Väter schenken ihren 14jährigen Söhnen eine Kubareise, damit diese dort ihre ersten Erfahrungen mit Frauen machen können.

Im allgemeinen sind an die Stelle aggressiver Kataloge und unverblümter Hinweise pseudosozialkritische Reportagen in Zeitungen und Magazinen getreten. Hält der Text dem kritischen Auge allenfalls stand, so tun es die Bilder selten. So sehr sich der Text um die soziale Tragik bemüht und die Ausbeutung in sämtlichen Facetten zeigt: Auf den Fotos sind fast immer halbnackte Frauen abgebildet. Wer beschreibt, wie im ehemaligen Ostblock und sogar in China schöne Frauen ihre Dienste anbieten, muß damit rechnen, Sextouristenströme auszulösen.

Sextouristen tragen Jeans, Anzug, geblümte Shorts, Brille oder eine goldene Armbanduhr. Bierbäuche sind ebenso häufig wie sehnige Beine, Studenten finden sich neben Handwerkern oder Händlern.

Sextouristen stammen aus den verschiedensten Industrieländern. Ans Ziel ihrer Wünsche fahren sie allein oder mit Kollegen. In Gruppen und straff organisiert bewegen sich vor allem die Japaner in Thailand und auf den Philippinen.

Was das Verhalten deutscher Sextouristen betrifft, brachte eine zwischen 1991 und 1993 durchgeführte Untersuchung folgende Gemeinsamkeiten und Häufigkeiten zutage: Unter 766 Männern, die ein Altersspektrum zwischen 19 und 74 Jahren abdeckten, war ein überdurchschnittlicher Anteil zwischen 20 und 40 Jahre alt. Außergewöhnlich häufig waren Alleinstehende sowie Geschiedene vertreten.

Die Mehrheit der Männer hatte innerhalb von 14 Tagen durchschnittlich zwölf verschiedene sexuelle Kontakte. Mehr als die Hälfte verbrachte einen oder mehrere Tage mit der gleichen Frau, und zwar so, als ob eine Liebesbeziehung bestünde. Bei der Betrachtung der sexuellen Befindlichkeit der Befragten fällt auf, daß etwas mehr als ein Fünftel mit ihrem Sexualleben in Deutschland eher unzufrieden sind. So erstaunt es nicht, daß ein knapper Drittel das Zielland wiederholt besuchen und 50 bis 78 Prozent gar ein neues Zielland ausprobieren möchten. Nach ihren Vorstellungen bezüglich einer Beziehung befragt, sagen 50 Prozent, sie wünschten sich eine sexuell treue Beziehung. Nur gerade ein Viertel wollte eine feste Partnerin oder einen festen Partner und gleichzeitig andere, unverbindliche Beziehungen.

Unterhaltungsgewerbe und Prostitution

Wege der Frauen in die Sexindustrie

Während Heerscharen von Männern als Kunden und Freier in Sextourismusdestinationen reisen, migrieren Frauen als Sexualobjekte und Prostituierte um die Welt. Die internationale Migrationsorganisation (IOM) schätzt, daß jährlich ein bis zwei Millionen Frauen und Mädchen in die Sexindustrie migrieren. Sie wandern von den Peripherien, wo sie aufgewachsen sind, in die Zentren und arbeiten dort als Prostituierte. Die Zentren befinden sich innerhalb ihres eigenen Landes, im nahen oder fernen Ausland. Gelenkt werden die Migrationsströme durch die Drahtzieher des Sexbusineß sowie durch die Nachfrage nach Sexarbeiterinnen in den jeweiligen Zentren.

Seit Ende der siebziger Jahre haben sich Frauen aus Thailand und den Philippinen nach Europa begeben. Im Zuge des verstärkten Ausbaus der (Sex-)Tourismusindustrie und der zunehmenden Verarmung weiter Bevölkerungsteile in der Dominikanischen Republik und Brasilien tauchen immer mehr Dominikanerinnen und Brasilianerinnen in europäischen Stripteaselokalen und Bordellen auf. Laut IOM migrieren jährlich 5 000 Frauen und Mädchen aus Bangladesh in die Sexindustrie Pakistans. Paraguayanische Frauen arbeiten als Prostituierte oder Topleß-Tänzerinnen in Bordellen und Nachtklubs Argentiniens. Venezolanerinnen als Prostituierte in Surinam, Uruguayanerinnen in Italien und Frauen aus dem karibischen Raum finden sich in unzähligen Bars und Bordellen Puerto Ricos.

Nach der Öffnung des Ostblocks begannen Frauen aus Rußland, Rumänien, Tschechien und anderen ehemals kommunistischen Ländern in die westeuropäische Sexindustrie zu migrieren. In Belgien und Holland beispielsweise waren bis 1992 nur wenige Prostituierte oder Gogo-Tänzerinnen aus Ost- und Zentraleuropa bekannt. Zwischen 1992 und 1995 hat sich deren Zahl in Belgien verdoppelt, in Holland verdreifacht. In der Schweiz stammten Ende 1994 von 1799 registrierten Gogo-Tänzerinnen 700 aus Ost- und Zentraleuropa, darunter allein 300 aus Rußland. Prostituierte aus osteuropäischen Ländern sind auch in Süd- und Südosteuropa anzutreffen. Bulgarische, russische und ukrainische Frauen bieten in der Türkei ihre Dienste an, vornehmlich in Trabzon und Istanbul. Schätzungsweise 5 000 albanische Frauen und Mädchen sollen illegal als Prostituierte in Italien und Griechenland arbeiten.

Manche Frauen gelangen auf direktem Weg in ihr Zielland, andere nach einer Odyssee durch mehrere Länder. In der Schweiz beispielsweise arbeiten im Sexbusineß viele Frauen aus Kamerun. Ihre Agenten organisieren die Migration sozusagen im Familienbetrieb.

Die Frauen werden von lokalen AgentInnen in Kamerun rekrutiert und direkt in die Schweiz geschickt. In anderen Fällen erreichen Migrantinnen erst nach langen Umwegen ihr Zielland – sofern ihre Migration nicht an einer der Zollstationen ein jähes Ende findet:

1994 wurden an der Grenze zur Schweiz zwölf Peruanerinnen festgenommen, die von Österreich einreisen wollten. Ihre Odyssee begann in Paris, führte über Prag, Budapest und Österreich und sollte schließlich via Schweiz in Italien enden. (Trafficking in Migrants, Quarterly Bulletin No. 4, September 1994, IOM)

Manche Länder sind ausschließlich «sending countries» (Herkunftsländer), andere nur «receiving countries» (Zielländer). Gewisse Länder sind beides, wie zum Beispiel Thailand: Es war eines der ersten Länder, aus dem Frauen migrierten, um in Europa, Japan, Australien und in den USA im Sexbusineß zu arbeiten. Aufgrund der raschen wirtschaftlichen Entwicklung der letzten Jahre wurde Thailand vermehrt auch zum Zielland für Migrantinnen aus den umliegenden Ländern. Während weiterhin Zehntausende von Thailänderinnen ihr Land verlassen, um in einem der industrialisierten Länder als Prostituierte zu arbeiten, begeben sich jährlich Zehntausende von Frauen und Mädchen aus Burma, Vietnam, Kambodscha, Laos und China nach Thailand, um dort in Billigstbordellen ihre Körper zu verkaufen.

Im März 1995 wurde im Norden Thailands, in Chiang Mai, direkt neben einem der größten Hotels, eine Razzia in einem Bordell durchgeführt. 19 Mädchen wurden befreit, darunter zwei 15jährige Mädchen aus China, welche der Ethnie der Akhas angehören, und elf Mädchen aus Burma. Für knapp fünf Franken mußten die Mädchen ihren Körper verkaufen. Es wurde bekannt, daß die beiden Akha-Mädchen aus China noch am gleichen Tag in ein anderes Bordell in Bangkok geschickt worden wären. (Bangkok Post, 3.3.1995)

Doch Thailand ist nicht nur für die südostasiatische Region zum «receiving country» geworden: Meldungen häufen sich, wonach auch Frauen aus osteuropäischen Ländern nach Thailand migrieren, um dort in der Prostitution zu arbeiten.

Bereits 1994 fiel den thailändischen Behörden auf, daß sich die Zahl der nach Thailand einreisenden Russinnen mehr als verdoppelt hat. Wie viele genau im Sexbusineß arbeiten, ist unbekannt. Im Unterschied zu den Migrantinnen aus der Region bieten die russischen Sexarbeiterinnen in Thailand ihre Dienste finanzstarken Kreisen an. Ihre Freier finden sie über die zahllosen Hosteß-Dienste Bangkoks. Zwei Stunden kosten dreihundert Franken – zehnmal mehr als eine durchschnittliche thailändische und dreißigmal mehr als eine burmesische Sexarbeiterin in Thailand verlangen kann. Die Freier der Russinnen in Thailand rekrutieren sich unter Polizeioffizieren, Politikern und Behörden. (SDA, 22.6.1994)

Manche Länder entwickeln sich zu eigentlichen Transitländern für MigrantInnen. So gilt in Südostasien Malaysia seit einigen Jahren als Transitland. In Malaysia ist es einfacher, ein Ausreisevisum zu erhalten als in Thailand. Viele Frauen aus Thailand, aber auch aus Burma, Kambodscha und Vietnam, versuchen ihr Glück, indem sie zum Teil mit gefälschten Pässen über Malaysia in den Westen ausreisen.

Malaysia wird zunehmend zu einem «receiving country» für ausländische Prostituierte. So hat die malaysische Polizei Ende 1995 eine alarmierende Zunahme von Migrantinnen aus den Philippinen nach Ostmalaysia beobachtet.

Die IOM berichtet, daß 1994 zwanzig Boote mit mehrheitlich indonesischen Frauen, die in Malaysia im Sexbusineß hätten arbeiten sollen, vor der Küste Malaysias aufgegriffen worden seien.

In Europa gilt Zypern als Transitland: Migrantinnen aus Lateinamerika und Asien werden von Agenten nach Zypern geschickt und von dort in die jeweiligen Bordelle der westeuropäischen Zielländer verteilt.

Organisationsstrukturen des internationalen Sexgeschäfts

Mafiaähnliche Gangs und Banden

Im Juni 1992 nahm die Frankfurter Polizei einen italienischen Mann und eine peruanische Frau unter Verdacht des Menschenhandels und der Zuhälterei fest. Die beiden hatten junge Peruanerinnen in Lima als Hausangestellte anwerben lassen und sie später in Deutschland zur Prostitution gezwungen. In ihrem Heimatland wurde den Frauen in Aussicht gestellt, daß sie in Deutschland bei einem monatlichen Lohn von 2 000 DM alte Menschen und Kinder pflegen könnten. Das Ticket wurde zur Verfügung gestellt und die Reisedokumente besorgt. In Frankfurt angekommen, wurden den Peruanerinnen Rückflugtickets, Pässe und Koffer abgenommen und ihnen ihre wirkliche Tätigkeit eröffnet: Prostitution in einem Bordell. Den Frauen, die sich für die Reise hoch verschuldet hatten, wurde auferlegt, pro Tag mindestens 20 Freier für 30 bis 50 DM pro Kunde zu bedienen. Das Geld wurde täglich einkassiert, und immer wieder hat man den Frauen gedroht, die Polizei werde sie sofort festnehmen, wenn sie es wagten, sich an diese zu wenden. (Praxis Agisra)

Das Beispiel der Peruanerinnen illustriert eine gängige Praxis von internationalen VermittlerInnen, die häufig Teil einer größeren Bande sind.

Bei diesen internationalen Organisationen handelt es sich um mafiaähnliche Gangs und Banden, die im großen Stil nicht nur binational, das heißt zwischen einem bestimmten Herkunfts- und Zielland, operieren, sondern sich dadurch charakterisieren, daß sie über AgentInnen in verschiedenen Ländern verfügen und multinational tätig sind. So schleusen sie Frauen in großer Anzahl beispielsweise von Lateinamerika über die Karibik, Osteuropa oder vom Nahen Osten nach Westeuropa. Eine Studie über die Situation ausländischer Prostituierter in Amsterdam hält fest, daß während des Forschungszeitraums von zwei Jahren rund 2 000 Frauen von verschiedenen Ländern via Amsterdam in weitere Zielländer verschoben wurden, davon 40 Prozent von internationalen Schieberbanden.

Es ist auch bekannt, daß sich diese großen internationalen Organisationen nicht nur auf das Sexgeschäft konzentrieren, sondern gleichzeitig in Kinder-, Waffen- und Drogenhandel sowie Erpressung, Bestechung und Steuerhinterziehung verwickelt sind.

Gerade im Fall der russischen Frauen war 1994 und 1995 in der Schweizer Presse wiederholt von der «Russenmafia» die Rede, die einen Großteil des Sexbusineß beherrsche. Das deutsche Nachrichtenmagazin «Der Spiegel» behauptete, polnische und russische Männer kontrollierten allein in Deutschland rund 20 000 Prostituierte. Laut eines inhaftierten Schweizers, der gestohlene Autos von der Schweiz nach Rußland und ukrainische Frauen in die Schweiz fuhr, ist Minsk, die Hauptstadt Weißrußlands, eine Art Drehscheibe für jene Albaner, Italiener und Tschetschenen, die Autos, Waffen und Frauen schmuggeln.

Die mangelnde Aussagebereitschaft aus Angst beziehungsweise das Zurückschrecken der Frauen vor Anzeigen bei der Polizei sind deutliche Indizien für den Zusammenhang zwischen Sexgeschäft, Erpressungen und Gewalt in diesem Bereich. Sowohl die Organisationsstruktur als auch die Überschneidungen von verschiedenen Geschäftszweigen zeigen, daß ein Teil der internationalen Migration von Frauen für das Sexgeschäft dem organisierten Verbrechen zuzurechnen ist.

Mit Exponenten dieser Banden ist in keinem Land zu spaßen. So wurde eine Welschschweizer Journalistin, die über die Vermittlung von osteuropäischen Frauen in die Schweiz recherchierte, massiv bedroht.

Agenturen und Familienunternehmen
Menschenhandel, Freiheitsberaubung und Zwangsprostitution: Das war der Alltag in einem Bordell an der Kernstraße. Mitte Januar hob die Polizei den Laden aus und verhaftete Gino E., einen hochkarätigen Milieuboß. Der Mann soll Frauen aus Westafrika «importiert» und zur Prostitution gezwungen haben. Heute ist an der Kernstraße 60 Ruhe eingekehrt. Noch vor kurzem standen aber in der rosa bemalten Liegenschaft bis zu zwanzig Afrikanerinnen täg-

lich im Dauereinsatz. Hinter der Sache steckte der 42jährige Treuhänder Gino E. Laut Recherchen des «Tagblatts» reiste der Armeehauptmann vor allem nach Kamerun, um junge Frauen mit falschen Heiratsversprechungen in die Schweiz zu locken. Befehle teilte auch die afrikanische Ehefrau von Gino E. aus. (Tagblatt der Stadt Zürich, 1.3.1995)

Auf semiprofessioneller Ebene operieren mittelgroße Netzwerke wie Agenturen und Familienunternehmen. Auch sie vermitteln Frauen in großem Umfang. Häufig betreiben binationale Paare solche Geschäfte. Vielfach ist der Mann ein Westeuropäer, der eine Agentur oder ein Bordell besitzt oder über gute Verbindungen zum Sexmilieu verfügt. Die Frau, die in der Regel aus Asien, Afrika oder Lateinamerika stammt, kümmert sich um die Migrantinnen. Sie leistet eine Art kulturelle Vermittlung. Diese binationalen Familienunternehmen sind in den Herkunftsländern gut vernetzt und arbeiten an Ort und Stelle mit inländischen oder ausländischen AgentInnen, die Frauen in den Dörfern rekrutieren.

Andere Agenturen publizieren Zeitungsannoncen, um migrationswillige Frauen in den Herkunftsländern anzusprechen. So erschienen 1990 in der brasilianischen Tagespresse wiederholt Anzeigen, wo Zahnarztgehilfinnen für die Schweiz gesucht wurden – obschon Brasilianerinnen dafür in der Schweiz keine Arbeitsbewilligung erhalten.

Semiprofessionelle Banden in der Dominikanischen Republik haben sich im Geschäft mit Migrantinnen auf illegale Kredite spezialisiert. Solche Kredite stellen für migrationswillige Frauen meist die einzige Möglichkeit dar, das Geld zu organisieren, das sie für die Reise ins Ausland benötigen. Da sie für legale Kreditinstitute oder Banken nicht die benötigte Sicherheit bieten können, gelten sie als kreditunwürdig. Für die Aufnahme solcher Kredite müssen Familien ihre Hütten, Häuschen oder Felder verpfänden. Zinssätze von weit über 100 Prozent sind keine Seltenheit. Viele Familien lassen sich durch die übermäßige Verschuldung nicht abschrecken und gehen in der Hoffnung auf eine künftige Unterstützung aus dem Ausland große Risiken ein.

1995 bezahlten beispielsweise Kolumbianerinnen, die in der Prostitution arbeiteten, an Vermittlungspersonen durchschnittlich 4 000 US-Dollar für Flug, Taschengeld und Kontaktadresse.

Folgende Zahlen offenbaren die Rentabilität solcher Geschäfte: Ein Vertreter des Bundeskriminalamtes in Deutschland schätzte 1988 den Verdienst der VermittlerInnen allein durch die Kreditzinsen auf jährlich 35 bis 50 Millionen US-Dollar.

Die eigene Freundin oder der Sextourist
«In Kolumbien erzählte mir eine Freundin, daß man in Europa viel Geld verdienen könne.» So beginnt Esperanza ihre Geschichte. Mit Hilfe ihrer Freundin reiste die 25jährige im Sommer 1993 nach Frankfurt und darauf nach Zürich. «Zusammen mit anderen Kolumbianerinnen arbeitete ich an der Müllerstraße, aber nur tagsüber. Nachts konnten wir kaum aus dem Haus, weil dann diejenigen Frauen, die eine Arbeitsbewilligung haben, auf der Straße stehen. Sie verfolgten uns mit Tränengassprays, und von ihren Zuhältern wurden wir geschlagen.» Esperanza ist Kolumbianerin und Mutter zweier Töchter. Sie arbeitete im August 1994 eineinhalb Monate illegal in Zürich. Ständige Auseinandersetzungen mit anderen Prostituierten und Zuhältern und die Angst vor Polizeirazzien bewogen sie im September weiterzureisen: nach Madrid und von dort zurück nach Frankfurt. (Tages-Anzeiger, 20.10.1994)

Die Migration von Frauen in die Sexindustrie wird teilweise über Beziehungen zu bereits migrierten Freundinnen oder Bekannten geregelt. Viele Frauen organisieren ihrer Schwester oder Cousine die Reise nach Europa. Als Gegenleistung verlangen sie von ihnen Dienste wie Kinderbetreuung und Hausarbeiten. Da die neu angekommenen Migrantinnen damit nichts verdienen, arbeiten sie beispielsweise im Salon einer Landsfrau, auf dem Straßenstrich oder als Tänzerinnen.

Auch Sextouristen, Zuhälter und Bordellbesitzer arbeiten auf eigene Rechnung: Sie locken Frauen unter Vortäuschung von

Freundschaften und Liebesbeziehungen an, um sie später gegen Provision an eine Bar oder an ein Bordell zu vermitteln.

Tänzerinnen in Asien

Gogo-Tanz ist eine der erotischen Unterhaltungsformen, die im Zuge des Vietnamkriegs aus den USA nach Südostasien exportiert wurden. Die Gogo-Bars waren Teil der Infrastruktur, welche in der ganzen Region aufgebaut wurde, um die kampfesmüden GIs wieder fit zu machen.

Die unzähligen Gogo-Bars in Thailand sind heute vorallem für Touristen eine große Attraktion. In den Lokalen mit schummrigem Licht drängen sich Männer aus Europa und Amerika, Australien und Japan um die erhöhte Bühne oder um die kleinen Tischchen am Rande. In regelmäßigen Abständen treten mehrheitlich sehr junge Frauen in knappen Bikinis auf und bieten auf der engen Bühne ihre Show dar. Das Programm der einzelnen Shows ist bereits am Eingang – wie andernorts die Speisekarte – angeschlagen. Verschiedene «Spielchen», worin die Tänzerinnen ihre Geschicklichkeit beweisen, mit ihren Scheiden «Kunststückchen» auszuführen, sind inbegriffen. Die Frauen müssen zum Beispiel aus ihrer Scheide Pfeile auf aufgeblasene Ballone abwerfen, Farbstifte halten und damit zeichnen können, allerlei Gegenstände wie Fische und Rasierklingen ein- und ausführen. In gewissen Lokalen baden Frauen in Schaumbädern, in anderen werden Live-Sex-Shows angeboten. Die Touristen sind hautnah dabei, grölen, grinsen, beklatschen und kommentieren die Darbietungen. Zwischen den Shows verteilen sich die Frauen im Lokal und gesellen sich zu den Gästen. Männer wie Frauen werden offensiv animiert und angemacht.

Jede Gogo-Tänzerin trägt an ihrem Bikini eine gut sichtbare Nummer. Will ein Freier eine Tänzerin herauslösen, so nennt er an der Bar ihre Nummer und zahlt die Ablösung.

Auffallend ist, wie fröhlich und aufgestellt die Tänzerinnen wirken. Es scheint, als arbeiteten sie in ihrem Traumjob. Die Realität verschließt sich den BesucherInnen dieser Lokale. Sie wird erst nach der Arbeit oder am nächsten Morgen sichtbar: Wie eine Gassenarbeiterin in Pattaya berichtet, suchen viele Frauen verzweifelt und müde die Beratungsstelle auf und erzählen von ihren wahren Gefühlen und der Ausweglosigkeit ihrer Situation.

Tänzerinnen in Lateinamerika

Teresa begab sich vom Süden Chiles in die Hauptstadt Santiago, um Arbeit zu suchen. Dort sah sie in der renommierten Tageszeitung «El Mercurio» ein Inserat, wo gutaussehende junge Frauen als Hostessen zur Bedienung in einem Cabaret gesucht wurden. Teresa meldete sich und erhielt den Job. Im Cabaret hatte sie nicht nur Drinks zu servieren, sondern mußte auch topleß tanzen und mit den Gästen trinken.

Teresa ist eine von unzähligen Frauen, die in Lateinamerika als sogenannte Topleß-Tänzerin arbeiten. In einigen Lokalen, so beispielsweise in Chile, müssen sich Topleß-Tänzerinnen im Unterschied zu Gogo- oder Striptease-Tänzerinnen nicht in jeder Show vollständig nackt ausziehen. Nebst den Tanzvorführungen haben die Frauen Getränke zu servieren und mit den Gästen zu trinken. Diese Tätigkeit ist in Lateinamerika weitverbreitet und je nach Land unter verschiedenen Bezeichnungen wie «Copetinera», «Copetina» oder «Mujer de Bar» bekannt. Viele Hostessen oder Topleß-Tänzerinnen arbeiten auf Provision und sind darauf angewiesen, möglichst viel Alkohol zu konsumieren. In gehobenen Lokalen haben Frauen die Wahl, zwischen alkohol- und nichtalkoholhaltigen Getränken.

In Ländern wie Brasilien, die über eine ausgebaute touristische Infrastruktur verfügen, hat sich die Sexindustrie dem (Sex-)Tourismus entsprechend diversifiziert. So sind beispielsweise in Copacabana in Rio de Janeiro unzählige Luxushotels, Restaurants, Touristen-Cabarets, Bars, Coffee-Shops, Diskotheken und Saunaclubs zu finden, wo verschiedenartige Tanzdarbietungen angeboten und Frauen als professionelle Samba-Tänzerinnen und Animierdamen eingesetzt werden.

Tänzerinnen in der Schweiz

Margarita stammt aus der Dominikanischen Republik. Eine Landsfrau, Ehefrau eines Schweizers, erzählte ihr von den guten Ver-

dienstmöglichkeiten als Clubtänzerin in der Schweiz. Margarita ließ sich überzeugen, die Frau besorgte ihr gegen Kommission das Flugticket und erledigte die nötigen Formalitäten. 1991 reiste sie erstmals in die Schweiz und arbeitete in einem Nachtclub in Lugano, wo sie sich vor den Kunden nackt ausziehen und sie zum Champagnerkonsum ermuntern mußte. Obwohl sie mit den Kunden zu trinken und sich zu prostituieren hat, versucht Margarita jedes Jahr, als Tänzerin in die Schweiz zu kommen, denn dieser Job ermöglicht ihr das Überleben.

Margarita stellt keinen Einzelfall dar. Jedes Jahr arbeiten in der Schweiz circa 2 000 Frauen vornehmlich aus der Dominikanischen Republik, Brasilien, Thailand, Marokko und Rußland mit der sogenannten Kurzaufenthaltsbewilligung «L» als Tänzerinnen in Nachtlokalen. Dazu kommen allein im Kanton Zürich rund 500 Frauen aus Asien, Afrika, Lateinamerika und Osteuropa, die mit einem anderen Status, wie der Jahresaufenthalts-, Niederlassungsbewilligung oder auch dem Schweizerpaß, in Nachtclubs und Cabaretbetrieben tätig sind.

Viele Pflichten – wenig Rechte

Bedingt durch Art. 8 der Verordnung über die Begrenzung der Zahl der AusländerInnen (BVO), erhalten Personen aus Asien, Afrika, Lateinamerika und Osteuropa keine Arbeitsbewilligung in der Schweiz. Dennoch gibt es gewisse Ausnahmen: Frauen aus der «Dritten Welt» und aus Osteuropa werden als sogenannte Artistinnen für Cabaretbetriebe mit der L-Bewilligung bis maximal acht Monate pro Kalenderjahr zugelassen. Die Aufenthaltsbewilligung für KurzaufenthalterInnen wird an AusländerInnen abgegeben, die sich vorübergehend, für einen im voraus bestimmten Zweck und ohne Familie in der Schweiz aufhalten. Sie ist nicht verlängerbar. Der Aufenthaltszweck besteht in erster Linie in Aus- und Weiterbildung. KurzaufenthalterInnen mit einer Bewilligungsdauer zwischen vier und 18 Monaten können in den Wirtschaftszweigen Gastgewerbe, Baugewerbe und Landwirtschaft während den Hochsaisonzeiten beschäftigt werden.

KurzaufenthalterInnen dürfen Stelle und Wohnort nicht wechseln, sind kontrollpflichtig, haben keine politischen Rechte und zahlen Sozialabgaben. Die Quellensteuer wird direkt vom Lohn abgezogen. Familiennachzug ist nicht möglich.

Damit eine Frau als Tänzerin in der Schweiz arbeiten kann, muß sie ein Visum beim Schweizer Konsulat beantragen. Dafür benötigt sie drei unterschriebene Verträge mit Nachtclubbesitzern. Zu diesen Verträgen gelangt sie durch Agenten von «Künstlerinnen»-Agenturen, die Tänzerinnen an Nachtclubbesitzer vermitteln. Zwischen den Agenturen und den vermittelten Frauen bestehen keine arbeitsrechtlichen Verhältnisse.

Cabaret-Tänzerinnen erhalten in der Regel monatliche Arbeitsverträge. Da Agenturen nicht verpflichtet sind, den Frauen ein weiteres Engagement zu vermitteln, befinden diese sich in der Zwangssituation, jegliche Arbeitsbedingung zu akzeptieren, um wenigstens während der legalen achtmonatigen Aufenthaltsdauer der einzig möglichen Tätigkeit als Tänzerin nachzugehen. Der Arbeitsvertrag der Tänzerinnen enthält eine Klausel, wonach das Arbeitsverhältnis innerhalb der ersten drei Tage mit sofortiger Wirkung aufgelöst werden kann. Die Frauen haben zudem keinerlei soziale Sicherheiten wie Kündigungsschutz oder Lohnfortzahlung bei Arbeitsausfall. Nach den ersten drei Monaten müssen sie jeden Monat neu Arbeit suchen. Es kommt häufig vor, daß sie arbeitslos werden. Der Stellenverlust ist, nach einer Toleranzzeit von einem Monat, gleichzusetzen mit der Ausschaffung ins Herkunftsland.

Neben mehreren Auftritten pro Abend müssen Tänzerinnen durch Animation monatlich für mindestens 12000 Franken alkoholische Getränke, vornehmlich Champagner, umsetzen, obwohl Animation in den meisten Kantonen verboten ist. Der monatliche Umsatz ist häufig maßgebend für ein weiteres Engagement.

Der Verdienst einer Tänzerin beträgt 150 bis 170 Franken pro Abend. Dazu kommen Prozentsätze, die sie aus dem Champagner-Verkauf erhält. Nach allen Abzügen wie 8 Prozent Vermittlungsprovision für Agenturen, Quellensteuern, Sozialversicherungen und den häufig überhöhten Zimmermieten sowie hohen Auslagen für Fotos und Tanzkostüme können die Frauen noch knapp ihren Lebensunterhalt in der Schweiz bestreiten. Wollen sie Geld nach Hause schicken, um für ihre Familien zu sorgen und Schulden abzuzahlen, bleibt ihnen nichts anderes, als sich mit Prostitution zusätzliches Geld zu verdienen.

Neben sämtlichen Sozialabgaben, die aufgrund fehlender binationaler Versicherungsabkommen nicht rückerstattet werden, nimmt der Staat erhebliche Summen ein: Rund 2000 Tänzerinnen liefern jährlich knapp 10 Millionen Franken an Quellensteuern und 6,5 Millionen Franken an Sozialabgaben ab.

Mit dem vermeintlichen Ziel, rigoros gegen Mißstände im Bereich der Gogo-Tänzerinnen beziehungsweise des Sexgewerbes vorzugehen, haben verschiedene Kantone im Sommer 1995 neue Maßnahmen getroffen, um die Zahl der Bewilligungen für Tänzerinnen einzuschränken. Der Kanton St. Gallen hat ab Juni 1995 sogar ein Verbot für Tänzerinnen aus Asien, Afrika, Lateinamerika und Osteuropa erlassen.

Vor diesem Hintergrund beschlossen die Bundesbehörden 1995, die Vorschriften der Zulassungsbestimmungen für Tänzerinnen zu verschärfen: Neu wurden das Mindestalter auf zwanzig Jahre und Mindestlöhne festgelegt; Tänzerinnen müssen zudem Verträge für mindestens drei Monate vorweisen können. Ein Kontingent für Nachtlokale schränkt die Zahl an ausländischen Tänzerinnen ein. Diese dürfen weiterhin nicht länger als acht Monate pro Jahr in der Schweiz arbeiten; während dieser Rahmenfrist wird höchstens ein Monat Aufenthalt ohne Erwerbstätigkeit toleriert.

Den Frauen bleiben eine ununterbrochene Arbeits- und Aufenthaltsmöglichkeit und ein ordentlicher Aufenthaltsstatus nach einigen Jahren Arbeit in der Schweiz mit der Möglichkeit des Familiennachzugs nach wie vor verwehrt. Diese restriktiven Maßnahmen schützen die Tänzerinnen nicht, sondern drängen sie in noch größere Abhängigkeits- und Ausbeutungsverhältnisse. Die Erfahrung zeigt, daß Prohibition Illegalität fördert. Frauen wird damit jeglicher Schutz entzogen, was sie in noch größere Abhängigkeit von Zuhältern, Cabaretbetreibern und Freiern treibt.

Prostitution

Ana aus der Dominikanischen Republik ist als 19jährige mit einem Visum als Gogo-Tänzerin in die Schweiz eingereist. Nach vier Jahren Arbeit als Gogo-Tänzerin heiratete sie einen Schweizer. Zehn Jahre später, nach zwei gescheiterten Ehen, ist sie mit vier Kindern und 20 000 Franken Schulden allein auf sich gestellt. Sie lebt von der staatlichen Fürsorge. Das Geld reicht nicht aus, um den Kredit zu bezahlen. So überläßt Ana hin und wieder ihre vier Kinder einer Kollegin und geht in Bars, um ihren Körper Männern zu verkaufen.

Migrantinnen wie Ana arbeiten als Gelegenheitsprostituierte, um finanziell über die Runden zu kommen. Sie verstehen sich nicht als Prostituierte. Ihre Sexarbeit ist ein Nebenerwerb. So gibt es in Paris Studentinnen aus Nordafrika, die übers Wochenende nach Genf fahren, um mit Prostitution ihr Studiengeld aufzubessern.

In Ostafrika ist Gelegenheits-Sexarbeit die übliche Prostitutionsform. Die große Mehrheit der ostafrikanischen Prostituierten arbeitet unabhängig von Zuhältern und Unternehmen. Die Gelegenheits-Sexarbeiterin, die sich in Kenya für Sextouristen prostituiert, hat oft noch andere Einkommensquellen als ihre Sexarbeit. Sie bietet in der Regel mehr als nur Sex gegen Geld: nämlich Gesellschaft und «fun». Dazu sucht sie sich einen ihr sympathischen Kunden aus. In Ghana ist die nebenberufliche Prostitution ebenfalls weit verbreitet. Sie wird dort «Sugar-Daddy-Version» genannt. Dabei lassen sich Frauen von älteren, wohlhabenden Männern über längere Zeit aushalten. Sie erhalten dafür Geschenke, Naturalien oder Geld.

Andere Gelegenheits-Prostituierte arbeiten als Call-Girls oder Hostessen in einer Begleitagentur. Häufig handelt es sich dabei um eine privilegierte Prostitutionsart: Die Frauen verbringen den Abend und die Nacht mit einem Kunden. Sie werden nicht auf den Geschlechtsakt reduziert, sondern haben dem Kunden Gesellschaft zu leisten und ihn an Anlässe zu begleiten.

Nebst Gelegenheits-Prostituierten gibt es viele Migrantinnen, die hauptberuflich im Sexgeschäft arbeiten, sei dies in der Straßenprostitution, in Massagesalons oder Bordellen.

Svetlana stammt aus der Slovakei. Sie arbeitet als Straßenprostituierte in Italien, in der Gegend von Viareggio. Morgens kurz nach zehn Uhr nimmt sie einen Vorortszug und fährt circa zehn Kilometer aus der Stadt heraus. Dort hat sie an einer Straße ihren Stammplatz. Pro Freier verlangt sie 50 bis 100 000 Lire, je nach Leistung. Sie verkehrt nur mit Präservativ. Nachts, nach zwei Uhr früh, fährt sie zurück und übernachtet in ihrem Zimmer in einer kleinen Pension an der Küste. (L'Espresso, 19.9.1993)

Migrantinnen sind in der Straßenprostitution stark exponiert. Beliebte Standorte für Straßenprostituierte sind Busbahnhöfe, Tankstellen, Plätze, Hafenanlagen und Überlandstraßen. Da Prostitution in den meisten Ländern für Migrantinnen verboten ist, müssen sie ständig damit rechnen, von der Polizei aufgegriffen und ausgeschafft zu werden. Verfügen sie über kein Zimmer in der Nähe ihres Standplatzes, sind sie gezwungen, mit Freiern ins Auto oder in ein Hotel mitzugehen. Dabei setzen sie sich großen Risiken aus und sind den Freiern ausgeliefert.

Kubanische Frauen bieten sich den zahlungskräftigen Touristen an der Uferpromenade Havannas an. Wie in der Dominikanischen Republik stehen die Frauen vor den Eingangshallen der großen Hotels und Touristenzentren. Da in Kuba die Frauen nicht mit den Touristen aufs Hotelzimmer gehen dürfen und meist mit der Familie zusammenwohnen, werden heute von Drittpersonen Zimmer angeboten, die als getarnte Stundenhotels funktionieren.
Abgesehen von der Straßenprostitution ist Prostitution von Migrantinnen in Massagesalons und anderen Betrieben des sogenannten Unterhaltungsgewerbes weit verbreitet. In einer großen Schweizer

Tageszeitung beispielsweise inserieren auf der Seite der Erotikanzeigen mehrere Massagesalons und preisen exotische Dienste an.

In thailändischen Massagesalons arbeiten bis zu 400 Frauen. Sie sitzen hinter einer einseitig transparenten Glasscheibe, leichtbekleidet und mit einer Nummer versehen. Der Freier sucht sich eine Frau aus und bezahlt an der Rezeption. Er geht mit der ausgewählten Frau in ein Zimmer, wo er gebadet und massiert wird. Je nach Preisklasse des Salons ist Geschlechtsverkehr bereits im Preis inbegriffen, oder der Kunde muß dafür extra bezahlen. Es gibt auch billigere Massagesalons, wo gar keine Massage angeboten wird und die als getarnte Bordelle bezeichnet werden können. Massagesalons sind in Thailand weit verbreitet. Die Kunden sind ausserhalb der touristischen Zentren mehrheitlich Einheimische.

Die Unterhaltungsindustrie bietet nebst Massagesalons andere Etablissements an, wo sich Frauen prostituieren. So zum Beispiel Bars, Coffee-Shops und Diskotheken. In den Bars arbeiten Migrantinnen als Gogo-Tänzerinnen oder Animierdamen. Sie können von den Kunden für eine Nacht herausgelöst werden. Coffee-Shops gibt es vor allem in Thailand:

Nang Kham ist 19 Jahre alt und stammt aus einer Bauernfamilie der Provinz Shan State in Burma. Seit drei Jahren arbeitet Nang Kham als Prostituierte in einem Coffee-Shop in Mae Sai, im Norden Thailands. Von ihrem Verdienst muß sie dem Besitzer 50 Prozent abgeben. Von den verbleibenden fünfzig Prozent zieht er weitere Prozente ab für Essen, Nebenkosten, Wäsche und die Bestechung der Polizei. Um ihren Eltern trotzdem Geld nach Hause schicken zu können, nahm Nang Kham beim Besitzer einen Kredit auf. Diesen Kredit muß sie ihm mit hundertprozentigem Zins zurückzahlen. Nang Kham möchte nicht mehr als Prostituierte arbeiten. Doch es wird zwei weitere Jahre dauern, bis sie ihre Schulden abbezahlt hat und den Coffee-Shop verlassen kann. (Int. Workshop against Trafficking in Women, Bericht der Shan-Frauen, Chiang, Mai, 1994)

Auch in der brasilianischen Stadt Salvador da Bahia ist bekannt, daß in Bars, Diskotheken und Strandhütten Prostitution stattfindet. Der Kellner bringt den Touristen jeweils zwei «Menükarten»: eine für Getränke und eine andere mit Fotos von meist minderjährigen Mädchen. Der Kunde wählt, das Mädchen wird per Telefon herbeigerufen.

In Bordellen sind Frauen häufig von der Umwelt abgeschnitten. Gewisse Bordellbesitzer verbieten den Frauen, das Bordell und dessen Umgebung ohne Begleitung zu verlassen. In Thailand wurden bei einer Razzia in Ranong Bordelle gefunden, wo Elektrozäune und bewaffnete Wächter die burmesischen Prostituierten von der Flucht abhielten. Viele Frauen und Mädchen befinden sich Tag und Nacht im Bordell. Sie schlafen in denselben Zimmern, in denen sie Kunden empfangen. Oft müssen sie im Viertelstundenrhythmus Freier bedienen. Zum Schlafen bleibt ihnen wenig Zeit. Sie müssen für allfällige Kunden immer bereit sein. Häufig ist es ihnen nicht erlaubt, Freier zurückzuweisen.

Unterschiedlicher Ausbeutungsgrad
Wie groß Ausbeutung, Gewalt und Leiden einer Sexarbeiterin letztlich sind, hängt stark davon ab, in welchem Sektor des Sexbusineß sie arbeitet, wie alt sie ist, und unter welchen Bedingungen sie migrierte. Je größer die Abhängigkeitsverhältnisse sind, denen sie sich bereits während der Migration ausliefern mußte, desto eher kann sie als Sexarbeiterin ausgebeutet und verletzt werden. Die Arbeitsbedingungen und Verdienstmöglichkeiten für Frauen, die sich für Touristen prostituieren, sind in der Regel besser als für jene, welche für Einheimische arbeiten. Sexarbeiterinnen ohne Zuhälter und Bordellbesitzer sind weniger in Abhängigkeits- und Ausbeutungsverhältnissen gefangen. Sie verdienen mehr, weil sie weniger Geld abliefern müssen. Mädchen und minderjährige Jugendliche sind grundsätzlich verletzbarer als erwachsene Sexarbeiterinnen. Sie können sich weniger gut gegen Freier, Zuhälter und Bordellbesitzer wehren.

Gewisse Ausbeutungsmuster ziehen sich wie rote Fäden durch die globale Sexindustrie. Viele Sexarbeiterinnen leben in großer Abhängigkeit von Zuhältern, Bordellbesitzern und «Puffmüttern». Als Migrantinnen befinden sie sich an einem fremden Ort, haben kaum Bezugspersonen außerhalb des Milieus und sprechen oft die Landessprache nicht.

Etliche Sexarbeiterinnen erleiden massive physische und psychische Gewalt. Bordellbesitzer, Agenten und Zuhälter schlagen sie, um sie gefügig zu machen oder am Davonlaufen zu hindern.

Im Frühling 1993 stieg eine 30jährige Gogo-Tänzerin aus der Dominikanischen Republik in der Südschweiz nach ihrer Arbeit in das Auto von zwei Freiern, die sie im Nachtlokal kennengelernt hatte. Am nächsten Morgen wurde ihre Leiche in einem Wald in der Nähe aufgefunden. Sie wies Spuren schwerster Mißhandlungen auf. (La Regione, 10.3.1993)

Erdrückende Schulden

Größtes Druckmittel sind in vielen Fällen die Schulden. Nicht selten schlägt der Bordellbesitzer darauf einen happigen Zins. Die Frauen müssen ihren Schuldenberg Freier um Freier abarbeiten. In vielen Bordellen und anderen Prostitutionsbetrieben erhalten Frauen keinen Lohn ausbezahlt: Die Einkünfte werden direkt zur Abzahlung der Schulden eingesetzt. Was der Besitzer des Etablissements den Sexarbeiterinnen zum Kauf von Essen, Kleidern, persönlichen Effekten und Medikamenten aushändigt, wird zu den Schulden addiert.

Ein Agent hat dem Stiefvater der jungen Burmesin Than Than 10 000 Baht (468 Franken) gegeben, nachdem der Stiefvater eingewilligt hatte, Than Than dem Agenten zu überlassen, um für sie Arbeit zu finden. Than Than war zu diesem Zeitpunkt 17jährig und glaubte, daß sie in einem Restaurant arbeiten werde. Statt dessen landete sie in einem Bordell in Bangkok. Von jedem Freier erhielt sie einen roten Plastikchip. Es wurde ihr gesagt, ihre Schulden seien abbezahlt, wenn sie 1 000 Chips erworben habe. Außerdem erhalte sie vom Preis, den ein Freier für sie bezahle, einen Drittel für ihren Schuldendienst. Nach acht Monaten teilte man ihr mit, daß sie ihre Schulden abbezahlt habe und sie frei sei. (Aus: A Modern Form of Slavery, Trafficking of Burmese Women and Girls into Brothels in Thailand, Asia Watch, Human Rights Watch, 1993)

In der Sexindustrie sind die anschaffenden Frauen diejenigen, die am wenigsten am ganzen Geschäft verdienen. Am Beispiel der jungen Than Than aus Burma läßt sich ausrechnen, daß der Bordellbesitzer an ihr monatlich rund 700 Franken verdiente.

An der Prostitution verdienen nicht nur die Bordellbesitzer, sondern indirekt auch die Volkswirtschaften der betroffenen Länder. Drei thailändische Professoren haben in einer Studie herausgefunden, daß die Prostitution der größte Zweig von Thailands Schattenwirtschaft ist. Davon würden 30 Prozent allein von den rund 50 000 burmesischen Migrantinnen in thailändischen Bordellen erwirtschaftet.

Nebst den schlecht verdienenden Prostituierten gibt es durchaus Sexarbeiterinnen, die mit dem Verkauf ihres Körpers einen besseren Verdienst erzielen als mit jeder anderen Arbeit. Bereits 1985 betrug das Durchschnittseinkommen einer thailändischen Prostituierten in der Sextourismusindustrie zirka 1 800 US-Dollar. Eine Kellnerin verdiente in der gleichen Zeit 250 US-Dollar, eine Arbeiterin in einer Textilfabrik 450 US-Dollar. Einer Studie über jugendliche Prostituierte in der nordostbrasilianischen Stadt Salvador ist zu entnehmen, daß die große Mehrheit der befragten Mädchen zwischen einem und vier Monatslöhnen verdiente. Es gab auch «Spitzenverdienerinnen», die sieben bis neun Mindestlöhne einnahmen. Vier Mädchen erklärten, sie ließen sich während der Touristenhochsaison nur in US-Dollars bezahlen.

Gesundheitsprobleme gehören zum Alltag

Viele Sexarbeiterinnen leiden unter gesundheitlichen Problemen. Geschlechtskrankheiten sind weitverbreitet. Besonders prekär ist die gesundheitliche Situation der Prostituierten in geschlossenen Bordellen. Oft werden dort nur Alltagsmedikamente und Salben verkauft. Schwere Krankheiten bleiben meist unbehandelt. Je nach Land finden regelmäßige Gesundheitskontrollen der Prostituierten in den Bordellen statt, doch beschränken sich diese oft auf Routineuntersuchungen zu Empfängnisverhütung und Tests auf Geschlechtskrankheiten und Aids.

Für die Empfängnisverhütung sorgt vielerorts der Bordellbesitzer selbst. Er instruiert die Migrantinnen über die Einnahme der Pille oder läßt ihnen die umstrittene Drei-Monate-Spritze «Depo-Prevera» verabreichen. Im Falle einer Schwangerschaft kommt es vor, daß die Frauen zur Abtreibung gezwungen werden oder bis kurz vor der Geburt arbeiten müssen.

In der bereits erwähnten Untersuchung in der nordostbrasilianischen Stadt Salvador sagten 12 Prozent der befragten Mädchen aus, daß sie nie, und 88 Prozent, daß sie hin und wieder Verhütungsmittel verwenden. Mehr als die Hälfte der befragten Mädchen waren mindestens einmal schwanger.

Mit dem Ausbruch der Immunschwächekrankheit Aids hat sich die gesundheitliche Situation für Frauen im Sexbusineß weltweit dramatisch verschlechtert. Die HIV-Ansteckungsrate bei Migrantinnen im Sexbusineß ist zum Teil erschreckend hoch. Untersuchungen der Asia-Watch-Human-Rights-Gruppe in Thailand zeigen, daß die Infektionsrate bei Zwangsprostituierten aus Burma dreimal höher ist als bei thailändischen Prostituierten. Die Migrantinnen aus Burma wurden nicht nur von Freiern mit dem HI-Virus angesteckt, sondern auch durch unsterilisierte Spritzen, mit denen man ihnen empfängnisverhütende Mittel oder Medikamente gespritzt hat.

Ob sich Migrantinnen, die in der Prostitution arbeiten, mittels Kondomen gegen die Ansteckung mit dem HI-Virus schützen können, hängt wiederum stark von ihrer Stellung innerhalb des Sexgeschäftes ab. Auch hier gilt: Je größer die Abhängigkeits- und Ausbeutungsverhältnisse sind, desto höher ist das Risiko, daß sich Sexarbeiterinnen nicht genügend gegen Aids schützen können.

In einer Studie zu Prostitution und Aidsrisiko in der Schweiz wurde deutlich, daß Prostituierte aus Asien, Afrika und Lateinamerika zu der am meisten gefährdeten Gruppe gehören. Migrantinnen können sich aufgrund ihrer prekären Situation und sprachlichen Schwierigkeiten oft am schlechtesten gegen Freier wehren, die Verkehr ohne Gummi verlangen. Viele sind nur ungenügend über Präventionsmöglichkeiten informiert. Stammen sie aus ländlichen Gebieten, erhielten sie unter Umständen wenig bis keine Informationen zur Verwendung von Kondomen. Aids-Präventionskampagnen in den Zielländern erreichen diese Frauen kaum, da sie mehrheitlich in den Landessprachen durchgeführt werden und wenig auf die Bedürfnisse der Migrantinnen im Sexbusineß eingehen.

Profit durch Verbot

In den meisten Ländern ist Prostitution verboten. Allen diesbezüglichen Gesetzgebungen ist gemeinsam, daß die Frauen und nicht die Freier kriminalisiert werden. Da die Nachfrage nach Sexarbeiterinnen trotz Prohibition überall groß ist, wird Prostitution je nach Land in unterschiedlichem Maße toleriert. Diese Doppelmoral läßt zu, daß die einzelnen Staaten vom Geschäft mit käuflichem Sex ökonomisch profitieren und die Freier ungeschoren konsumieren können, während die Prostituierten als Drittklaßarbeiterinnen ohne soziale Rechte in der (Halb-)Illegalität leben müssen.

Die sich prostituierenden Migrantinnen befinden sich in der Regel gegenüber ihren inländischen Arbeitskolleginnen auf der sozialen Hierarchieleiter nochmals einige Stufen tiefer. Während die Arbeit inländischer Prostituierter vielerorts geduldet wird, lebt eine Mehrheit der migrierten Sexarbeiterinnen in der Illegalität. Dadurch sind sie Ausbeutung und Gewalt ausgeliefert. Diese Umstände erschweren Gesundheitsvorsorge und Aids-Prävention und verunmöglichen die Arbeit von NGOs weitgehend. Die drohende Ausschaffung kommt Bordellbesitzern und Zuhältern weltweit gelegen: Sie macht die betroffenen Frauen gefügig und duldsam.

Auf den Philippinen und in Thailand entpuppt sich die «Legalitäts»-Frage bei genauerem Hinsehen als eine linguistische Finesse. Als «Prostituierte» übt eine Frau auf den Philippinen etwas Verbotenes aus. Als «hospitality girl» wird ihre Arbeit jedoch von der philippinischen Regierung geduldet, ja gefördert. In Thailand wurde 1960 ein Gesetz zum Verbot der Prostitution eingeführt. Mit der schon erwähnten Errichtung von «Rest & Recreation»-Areas für amerikanische Soldaten trat 1966 ein Gesetz in Kraft, welches sogenannte Unterhaltungsbetriebe legalisierte. Dies ermöglicht bis heute die straffreie Prostitution in Massagesalons, Karaokebars, Nightclubs und Coffee-Shops.

Prostitution für Touristen ist für etliche Staaten ein unverzichtbarer, ökonomischer Faktor geworden. So investiert beispielsweise die philippinische Regierung in Hotelzentren in Großmanila, obschon die spezifische Hotelbelegung klar zeigt, daß das Ziel dieses Tourismus vor allem Sex ist: Viele der neuerbauten Hotels haben permanent laufende Verträge mit japanischen Firmen, denen sie «Spezialarrangements» anbieten.

In Südkorea gibt es Prostituierte erster und zweiter Klasse. Jene erster Klasse heißen «Kisaeng». Dabei handelt es sich um intellektuell und künstlerisch gut ausgebildete Frauen, die Unterhaltung auf hohem Niveau bieten und einen entsprechenden Kurs bei einer staatlichen Tourismusvereinigung absolviert haben. Sie erhalten eine Lizenz «A», die ihnen ermöglicht, Männer ins Hotel zu begleiten oder dort zu besuchen. In ihrem Ausweis steht wörtlich: Darf ausländische Touristen betreuen. Schätzungsweise 300 000 Frauen arbeiten als «Kisaeng». Eine weit höhere Zahl Prostituierte findet sich in Südkoreas Bordellen. Sie sind im Besitz von einer Lizenz «B», die nicht zum Eintritt in Hotels bemächtigt, wo zahlungskräftige japanische Männergruppen logieren.

Kinderprostitution

In den letzten Jahren wurde Kinderprostitution in verschiedenen Ländern Asiens, Afrikas und Lateinamerikas zu einem großen Thema. Einerseits ist das wachsende Bewußtsein für diese Thematik auf die sprunghafte Zunahme des Phänomens zurückzuführen, andererseits hängt es mit den Kampagnen zusammen, welche in den letzten Jahren weltweit unermüdlich auf Ausmaß, Hintergründe und Konsequenzen der Kinderprostitution hingewiesen haben.

Um den stigmatisierenden und moralisierenden Begriff «Prostitution» im Zusammenhang mit Kindern zu vermeiden, spricht man heute weltweit eher von «kommerzieller sexueller Ausbeutung von Kindern». Zur Definition des Begriffes «Kind» dient die UNO-Konvention für die Rechte der Kinder als Grundlage: Sie hat das Schutzalter auf 18 Jahre festgelegt. In zahlreichen Ländern ist das Schutzalter immer noch niedriger angesetzt.

Angaben über das Ausmaß der Kinderprostitution sind mit Vorsicht zu genießen: Es handelt sich in jedem Fall um Annahmen, die oft sehr stark variieren. So gibt es zum Beispiel für Thailand Schätzungen, die von 50 000, und andere, die von 800 000 Kinderprostituierten sprechen. Auch bei vorsichtigen Annahmen muß davon ausgegangen werden, daß weltweit mehr als eine Million Kinder kommerziell sexuell ausgebeutet werden.

Die überwiegende Mehrheit der Kinderprostituierten sind an ihren Arbeitsort migriert – freiwillig oder unter Zwang. So stammen die Kinderprostituierten Pattayas mehrheitlich aus dem Norden und Nordosten Thailands und diejenigen im Norden Thailands aus Burma. In Kambodscha stammen sie aus Vietnam und in Bombay vorwiegend aus Nepal.

Wenig bekannt ist, daß Zehntausende von mehrheitlich minderjährigen Frauen aus Nepal nach Indien migrieren und dort als Prostituierte arbeiten müssen:

In Studien der ILO (International Labour Office) und der UNICEF (UNO-Kinderhilfswerk) wird von 500 000 (UNICEF) und 400 000 (ILO) Kinderprostituierten in Indien gesprochen. Die Kunden in Indien sind vor allem Einheimische und asiatische Geschäftsherren. Es existiert auch Kinderprostitution für ausländische Touristen, beispielsweise in Goa und Madurai, zwei bekannten Tourismusdestinationen. (Nachrichtenbulletin arge kipro, 3–1995)

Ausgangspunkt der Migration von Kindern ist meist die schwierige ökonomische Situation ihrer Familien. Viele Kinder werden von Familienangehörigen oder Bekannten an AgentInnen und VermittlerInnen verkauft. Den Erlös aus dem Verkauf ihrer Töchter brauchen die Familien, um ihre Existenz zu sichern oder gewisse materielle Bedürfnisse zu befriedigen wie beispielsweise Fernseher, Motorfahrrad und ähnliches. In Burma brauchen sie das Geld unter anderem für Abgaben, die ihre Familien der Militärregierung zu leisten haben.

Hinzu kommt die oft perspektivenlose Situation von Kindern und Jugendlichen in den peripheren Regionen Asiens, Afrikas und Lateinamerikas: Häufig müssen die Kinder schon nach wenigen Jahren die Schule verlassen, weil sich die Eltern Schulkleider und -material nicht mehr leisten können. Diese Kinder haben kaum Aussichten, in ihren Dörfern Arbeit zu finden. Je nach Kultur fühlen sie sich verpflichtet, für das Wohl der Eltern zu sorgen. Untersuchungen in verschiedenen Ländern zeigen, daß Kinderprostituierte häufig aus zerrütteten Familien stammen und nicht selten bereits Opfer von sexueller Gewalt waren, bevor sie in der Prostitution zu arbeiten begannen. Der bereits erwähnten Studie aus Salvador ist zu entnehmen, daß 69 Prozent der befragten Kinderprostituierten die Bindung an das Elternhaus bereits verloren haben. Sie lebten entweder in Pensionen, Apartments oder auf der Straße.

Ein Grund für die sprunghafte Zunahme der kommerziellen sexuellen Ausbeutung von Kindern in Asien, Afrika und Lateinamerika ist die Nachfrage der Freier nach immer jüngeren Prostituierten. Einen nicht unwesentlichen Beitrag zu dieser Entwicklung leistete die Angst vor einer Ansteckung mit Aids und die irrige Annahme, Sex mit Kindern berge ein kleineres Aids-Risiko als Sex mit einer erwachsenen Prostituierten. Die Realität zeigt hingegen, daß Kinderprostituierte in besonderem Maß gefährdet sind, mit dem HIV angesteckt zu werden. Sie können sich weniger gut gegen Freier wehren, die Sex ohne Gummi verlangen. Da ihre Körper noch nicht ausgewachsen sind, werden sie beim Geschlechtsverkehr öfter verletzt, was das Ansteckungsrisiko stark vergrößert.

Daß die kommerzielle sexuelle Ausbeutung von Kindern ein stark von der Nachfrage abhängiges Phänomen ist, zeigt beispielhaft die Entwicklung in Kambodscha:

Während 1990 nur etwa 1500 Frauen und Mädchen als Prostituierte in Kambodscha arbeiteten, waren es 1992 bereits 20 000. Heute, nach dem Abzug der UNO-Truppen, arbeiten noch rund 17 000 Frauen und Mädchen als Prostituierte. Nach Abzug der UNO-Truppen sind vor allem einheimische Freier in die Lücke gesprungen. Gemäß vorsichtigen Schätzungen der UNICEF sind 35 Prozent der Sexarbeiterinnen in Phnom Penh Kinder im Alter von 12 bis 17 Jahren. (Nachrichtenbulletin arge kipro, 3–1995)

Die Entwicklung der letzten Jahre zeigt, daß sich Kinderprostitution immer weiter ausbreitet. Die Gründe dafür sind vielfältig. Eine Rolle spielt die strengere Gesetzgebung in den Ländern, wo Kinderprostitution seit längerem üblich ist. Um Strafen zu entgehen, weichen die Profiteure und die gut organisierten Pädophilenringe in benachbarte Länder aus, wo sie nichts zu befürchten haben, weil Kinderprostitution noch kein öffentliches und politisches Thema ist. Ein weiterer Faktor ist die touristische und wirtschaftliche Öffnung von bisher abgeschlossenen Ländern. Im südostasiatischen Raum sind diese Entwicklungen besonders gut beobachtbar. Die Kinderprostitution dehnt sich von den Philippinen und Thailand zunehmend auf Länder wie Vietnam, Kambodscha und Laos aus.

Die Mehrheit der kommerziell sexuell ausgebeuteten Kinder arbeiten für einheimische Freier, sei dies in Thailand, Brasilien oder in Indien. Sie befinden sich gegenüber ihren Kolleginnen, welche für Ausländer arbeiten, in einer noch schlechteren Position. Sie verdienen weniger, die hygienische und gesundheitliche Vorsorge ist schlechter und die Möglichkeit, ihrem Schicksal zu entrinnen, noch kleiner.

Ein Teil dieser Kinder arbeitet für Touristen, die mehrheitlich aus Europa, den USA oder Japan stammen. Die bekanntesten Destinationen für Touristen, die Sex mit Kindern suchen, sind Thailand, die Philippinen, Sri Lanka und Brasilien. Während sich in Thailand, auf den Philippinen und in Brasilien mehrheitlich Mädchen prostituieren, sind es in Sri Lanka fast ausschließlich Knaben, die ihren Körper an ausländische Männer verkaufen.

Für wenig Geld oder billige Geschenke können sich Touristen dort holen, was ihnen in ihren Heimatländern hohe Strafen einbringen würde. Manche reisen gut organisiert an ihr Ziel: Ausgestattet mit Informationen aus Pädophilenkreisen, wissen sie genau, wo und wie sie an Kinder herankommen. Sie kennen die Hinterzimmer der Bordelle und die Adressen der einschlägigen Hotels. Andere fliegen in ihren Sexurlaub ohne Absicht, Kinder auszubeuten. Doch dann fühlen sie sich in ihrer Männlichkeit geschmeichelt, wenn die Frau oder der Mann an ihrer Hand noch keine 14 Jahre alt ist.

Obschon in den letzten Jahren die Gesetzgebung gegen die sexuelle Ausbeutung von Kindern in den meisten dieser Destinationen massiv verschärft wurde, wissen die Täter zu gut, daß sie sich kaum je vor einem Gericht verantworten müssen. Nur wenige Männer sind bisher für diese Taten, die sie im Ausland verübt haben, bestraft worden.

Zahlreiche Kinderprostituierte wachsen auf der Straße in Kinderbanden auf. Sie leben von Diebstählen und kleinen Gelegenheitsjobs im informellen Sektor, schlafen auf der Straße oder in der «Obhut» ihres Zuhälters, welcher ihnen als Gegenleistung für ihre Geldabgaben einen Schlafplatz verschafft. Ihr Alltag ist geprägt von Gewalt, sei dies von seiten der Zuhälter, der anderen Kinder, der Freier oder der Behörden. Um das harte Leben und die verlorene Kindheit zu vergessen, betäuben sie sich mit Leim oder anderen Drogen. In der bereits erwähnten brasilianischen Studie verneinten viele der befragten Mädchen zuerst, Drogen zu konsumieren. Erst im Verlauf des Gesprächs gaben sie zu, Drogen zu nehmen. Die Begründungen dafür reichten von «es ist gut!» über «die Männer wollen es» bis zu «es ist eine Alternative, um dieses Leben zu ertragen».

Sonia ist 15 Jahre alt und stammt aus dem Hochland Guatemalas. Ihren Vater hat sie nie gekannt, ihre Mutter ist tot. Mit elf Jahren wurde sie von einem Freund ihrer Mutter zum ersten Mal sexuell ausgebeutet. Als sie es ihrer Mutter erzählte, schlug diese Sonia und beschuldigte sie, die Vergewaltigung provoziert zu haben. Darauf verließ Sonia ihr Zuhause. Seither lebt sie als Straßenkind in Guatemala City. Vor drei Monaten hat sie ein Kind geboren. Jeden Nachmittag stellt sie sich mit ihrem Baby an eine Autostraße und prostituiert sich. Im einen Arm ihr Baby, in der Hand einen Plastiksack mit Leim, den sie inhaliert, um Hunger, Elend und Kälte zu vergessen. (GHI–Genève Home Informations, 27.2.1992)

Viele kommerziell sexuell ausgebeutete Kinder leiden unter Geschlechtskrankheiten, sind HIV-positiv oder haben andere schwere gesundheitliche Schäden. In etlichen Fällen sterben Kinderprostituierte frühzeitig an den Folgen der sexuellen Ausbeutung. Sie werden von Zuhältern und Bordellbesitzern ermordet oder erliegen Krankheiten und Verletzungen, die ihnen Freier zugefügt haben.

Prostitution kann bei Kindern zu einem totalen Verlust des Selbstbewußtseins und Vertrauens führen. Das Ausmaß der seelischen Verletzungen verdeutlicht die Tatsache, daß die Erfolgschancen der bestehenden Rehabilitierungsprogramme gering sind: Für Kinder, die länger als ein paar Wochen in der Prostitution arbeiteten, ist es äußerst schwierig, den Weg zurück in ein «normales», ihrem Alter und ihrer Entwicklungsstufe entsprechendes Leben zu finden.

Heirat

Eine Filipina reiste 1981 mit einem «Unterhaltungsvisum» in Japan ein, wo sie nach einiger Zeit einen Japaner heiratete. Die Ehe wurde geschieden. Die Frau traf einen anderen Mann, von dem sie schwanger wurde. Kurz darauf fuhr sie auf die Philippinen. Als sie nach Japan zurückkehren wollte, um ihr Kind zu gebären, erhielt sie kein Visum als Ehefrau, sondern mußte mit einem zeitlich beschränkt gültigen Touristenvisum einreisen. Nach der Geburt wollte sie sich von ihrem ersten Mann scheiden lassen, um den Vater ihres Kindes zu heiraten. Die Scheidung entwickelte sich zum langwierigen Prozeß, währenddessen der Vater ihres Kindes eine andere Frau heiratete. Die Filipina ließ das Visum auslaufen und hielt sich illegal in Japan auf, bis das Immigrationsbüro auf sie aufmerksam wurde und die Ausschaffung von ihr und ihrer Tochter anordnete. Die Frau strengte einen Prozeß an, den sie nach mehreren Monaten gewann: 1992 erhielt sie für sich und ihre Tochter eine Spezialaufenthaltserlaubnis. (Asian Migrant, Januar/März 1994)

In Industrienationen werden Eheschließungen zwischen zwei im gleichen Land geborenen Menschen selten auf ihre Hintergründe befragt. Sie sind Bestandteil einer mehr oder weniger gesellschaftlich akzeptierten Norm. Ob es ums Geld geht, um die rechtliche Absicherung eines Kindes oder um tiefe Gefühle, ist unwichtig oder Diskussionsanlaß nur im engsten FreundInnenkreis.

Anders verhält es sich bei Eheschließungen zwischen Menschen aus verschiedenen Ländern. Heiratet beispielsweise ein Schweizer Mann eine Frau aus Asien, Afrika oder Lateinamerika, gilt die Eheschließung nicht mehr als private Angelegenheit zwischen zwei erwachsenen Menschen, sondern darf öffentlich diskutiert werden. Die Gesellschaft beansprucht das Recht, diese Ehe zu kategorisieren und die Gründe, die zur Eheschließung führten, zu hinterfragen.

Dies liegt unter anderem daran, daß die Ehe nach wie vor zum Fundament der Gesellschaft zählt. Sie ist trotz des hohen Anteils an alleinerziehenden Frauen nach wie vor der soziale Kitt, der eine Nation zusammenhalten soll. Ein Partner oder eine Partnerin aus Asien, Lateinamerika oder Afrika wird in Industrieländern in diesem Kontext – bewußt oder unbewußt – sehr oft als Eindringling wahrgenommen. Sie prägen das in der Idealvorstellung homogene gesellschaftliche Fundament mit ihrem eigenen kulturellen Hintergrund, weichen es auf und stellen es in Frage.

Eine Frau aus Afrika, Asien oder Lateinamerika ist automatisch allgemeinen und länderspezifischen Vorurteilen ausgesetzt. Fast immer wird sie auf die Stufe des unwissenden Kindes zurückversetzt: Als Frau aus einem «Dritte-Welt»-Land symbolisiert sie die Armut ihres jeweiligen Landes und gilt dementsprechend als mittellose Analphabetin, die sich willenlos und aus einer Position der

Schwäche an der Hand des starken Schweizer Mannes in die Schweiz führen ließ. Ihr Know-how wird in der Regel negiert. Viele können sich nicht vorstellen, daß eine Frau gut ausgebildet ist und persönliche Ambitionen hat, die sie statt in ihrem Herkunftsland in der Schweiz umsetzen will.

Stammt sie aus klassischen Sextourismusdestinationen wie beispielsweise Thailand, der Dominikanischen Republik oder aus Ländern des Ex-Ostblockes gilt sie aufgrund der in den Medien zementierten Klischees als Sexarbeiterin, die heiratet, um legal in der Schweiz arbeiten zu können. Ebenso häufig wird sie als «gekaufte» Ehefrau betrachtet, die zur Heirat gezwungen wurde.

Viele Ehefrauen aus Asien, Afrika und Lateinamerika – insbesondere schwarze Frauen – lösen bei Schweizerinnen Eifersucht aus. Sie werden als Rivalinnen und Bedrohung wahrgenommen: Sie nehmen den Schweizerinnen die Männer weg.

Ein Schweizer, der eine Frau aus Asien, Afrika oder Lateinamerika heiratet, stößt ebenfalls auf Vorurteile verschiedenster Art. Bei jenen Männern, die Frauen im allgemeinen und jene aus Asien, Afrika oder Lateinamerika im speziellen als Beute betrachten und sich selbst als legitimierte Jäger, löst er Bewunderung aus: Er gilt als toller Hecht, der sich eine «exotische Schönheit» angeln konnte, sei es dank seinem Portemonnaie oder seinen Verführungskünsten. Ebensooft wird er als Versager wahrgenommen. Er ist der zur Emanzipation unfähige Macho, der eine gefügige Ehefrau aus dem Ausland importieren mußte. Hat er auffallende physische Mängel oder arbeitet er auf einem abgelegenen Bauernhof, wird seine Ehe ebenfalls mit abfälligen Bemerkungen kommentiert.

Heiratsmigrantin – Arbeitsmigrantin: Eine künstliche Unterscheidung

In der Migrationsliteratur wird zwischen Heiratsmigrantinnen und Arbeitsmigrantinnen unterschieden. Der Begriff «Heiratsmigrantin» taucht auf, wenn die Absicht der Migrantin in irgendeiner Form die Heirat ist oder zu sein scheint. Dabei wird selten hinterfragt, ob sich das Ehekonzept der Migrantin von jenem der Gesellschaft in

Industrieländern unterscheidet. In der Regel ist nicht von Interesse, was Ehe und Heirat in der Kultur der Migrantin bedeuten.

Statt dessen wird ihr das Konzept übergestülpt, das in Industrieländern vorherrscht. Es ist dies die romantische Vorstellung von der Ehe, die im Zuge der Industrialisierung und der damit einhergehenden Entstehung der LohnarbeiterInnenklasse vom Großbürgertum vorgelebt wurde: Das Einkommen des Mannes war groß genug, so daß sich die Frau ausschließlich der Kindererziehung, dem Haushalt und den schönen Künsten widmen konnte. Diese elitäre Realität entwickelte sich zum Ideal für die aufkommende Mittelschicht und die ArbeiterInnenklasse: Sie wurde zum Ausdruck für gesellschaftlichen Fortschritt und Wohlstand schlechthin.

Wie fundamental die Ehe und das damit verknüpfte Konzept für die Gesellschaft heute noch sind, zeigen nicht nur die jeweils ausgedehnten und umstrittenen Debatten, die jede Änderung des Eherechts mit sich zieht. Es offenbart sich auch in der Visumspolitik. In den meisten industrialisierten Ländern gibt es für Migrantinnen, die einen Mann aus dem entsprechenden Land geheiratet haben oder heiraten möchten, ein spezielles Visum: Ein Visum, das an die Heirat gebunden ist. Dieses ist oft das einzige, zeitlich unbeschränkt gültige Visum, das Frauen aus Afrika, Asien und Lateinamerika überhaupt erhalten können und das sie berechtigt, einer anderen Arbeit als in der Unterhaltungs- oder Sexindustrie nachzugehen.

Angesichts dieser Rahmenbedingungen sagt der Begriff «Heiratsmigrantin» wenig über die eigentliche Motivation der Migrantin aus. Außerdem verschleiert das beschriebene Ehekonzept einen Großteil der Realität. Wie die Bielefelder Forscherinnen aufgezeigt haben, werden Frauen durch dieses Konzept «hausfrauisiert», indem man sie zu unproduktiven «Hausfrauen» entwertet. In Tat und Wahrheit ist die Ehe- und Hausfrau wirtschaftlich gesehen ein kostensenkender Faktor. Sie reproduziert die Arbeitskraft des Mannes in sozialer, wirtschaftlicher wie auch sexueller Hinsicht und trägt die volle Verantwortung für die Kindererziehung, ohne dafür entlöhnt zu werden.

Insbesondere in Ländern der «Dritten Welt» sowie in sozial schwachen Schichten ist es oft die zur Hausfrau reduzierte Ehefrau, die das Überleben der Familie garantiert. Sie sammelt stundenlang Holz fürs tägliche Feuer, nimmt jede Gelegenheitsarbeit an, weiß, wo es die billigsten Nahrungsmittel gibt, und ist zuständig für die Pflege eines sozialen Netzes, worauf sie im Notfall zurückgreifen kann.

So betrachtet, ist jede Heirat eine Arbeitsform, jede Ehefrau und Hausfrau eine Arbeiterin und jede Heiratsmigrantin eine Arbeitsmigrantin. Deshalb soll auf eine weitere Unterscheidung verzichtet werden.

Organisation der Heiratsmigration

Informell und individuell

Die Heiratsmigration zwischen Frauen und bereits migrierten Männern des gleichen Kulturkreises wird meist auf informelle Art organisiert. Dies gilt für jene Länder aus denen zuerst fast ausschließlich Männer migrierten. Viele Türken beispielsweise, die seit den fünfziger und sechziger Jahren nach Deutschland auswanderten und sich dort niederließen, sind nach einigen Jahren auf Brautschau in die Türkei gereist. Sie suchten dort eine Frau im heiratsfähigen Alter, heirateten sie und brachten sie nach Deutschland. Andere forschten mit Hilfe von Verwandten oder Bekannten von Deutschland aus, nach möglichen Ehefrauen und begaben sich lediglich zur Eheschließung in die Türkei. Wieder andere ließen ihre künftige Partnerin, ohne sie je getroffen zu haben, nach Deutschland einfliegen, um sie dort zu ehelichen.

Das Muster der Eheschließungen zwischen philippinischen Staatsangehörigen in Norwegen ist ähnlich. In den fünfziger Jahren heuerten Tausende von philippinischen Männern auf Schiffen an, die unter norwegischer Flagge fuhren. Viele ließen sich an der norwegischen Küste nieder, wo sie einer regelmäßigen Arbeit nachgingen. Als ihre ökonomischen Verhältnisse einigermaßen stabil waren, holten die bereits Verheirateten ihre Ehefrauen nach, und die Ledigen suchten sich eine Frau in ihrem Heimatland.

Es migrierten nicht nur philippinische Männer, sondern auch Tausende von Frauen, um in Norwegen als Krankenschwestern zu arbeiten. Zuerst heirateten nur vereinzelte Filipinas einen norwegischen Mann. Mit dem Andauern und Anwachsen der Migration hat sich die Zahl der philippinisch-norwegischen Eheschließungen jedoch vervielfacht. Dies lag unter anderem am Frauenmangel, der sich in besonders abgelegenen Landstrichen Norwegens offenbarte. Im Laufe der Jahre kontaktierten bereits migrierte Filipinas ihre Bekannten und Verwandten auf den Philippinen und erkundigten sich nach heirats- und migrationswilligen Frauen. Sie schufen Clubs für Brieffreundschaften zwischen Norwegern und Filipinas und arrangierten Treffen in ihrem Heimatland.

Vinas Schwester ist mit einem Norweger verheiratet. Sie stellt Vina per Brief einem Bekannten ihres Mannes vor, der eine Filipina heiraten möchte. Der Norweger begibt sich nach zwei Jahren regelmäßigen Briefkontakts nach Manila, wo sich herausstellt, daß er kaum Englisch spricht. Sie sind sich sympathisch. Doch über ihre wahren Wünsche kann Vina mit ihm nicht reden. Daß sie in Norwegen arbeiten will, um Geld an ihre Familie zu schicken, wird er erst verstehen, wenn er besser Englisch oder Vina Norwegisch gelernt haben wird. (Asian Migrant, 1992, Vol 4 & 3)

Das informelle Arrangieren von binationalen Ehen ist weltweit verbreitet. Sehr oft sind Migrantinnen maßgeblich daran beteiligt. Nach jahrelanger Migration kennen sie die Sitten und Gesetze ihres Ziellandes. Gleichzeitig verfügen sie über zahlreiche Kanäle und Kontakte zu ihrem Herkunftsland.

Viele dieser binationalen Ehen kommen ohne Vermittlung von Drittpersonen zustande. In diesen Fällen steht am Anfang oft die Reise eines Mannes aus einer Industrienation in ein afrikanisches, asiatisches oder lateinamerikanisches Land. Für gewisse Männer ist die Heirat das Ziel ihrer Reise. Andere gehen ohne Heirats- oder Sexabsichten in die Ferien. Sie verlieben sich unverhofft. Einige fliegen in eine Sextourismus-Destination und verlieben sich in jene

Frau, von der sie sich während einiger Tage günstigen Sex und eine liebevolle Betreuung erkauft hatten.

Nicht nur Männer begeben sich mit Heiratsabsichten ins Ausland. Zahlreiche Frauen aus Afrika, Asien und Lateinamerika reisen jährlich mit einem Touristenvisum in ein industrialisiertes Land, wo sie per Annoncen oder mit Hilfe von Freundinnen einen Ehemann suchen.

Agenturen, Clubs, Institute

Häufig werden Ehen zwischen Frauen aus Asien, Afrika, Lateinamerika und dem Ex-Ostblock und Männern aus industrialisierten Ländern über Agenturen, Clubs, Institute oder Reiseveranstalter vermittelt. Die Größe dieser Institutionen reicht vom Einmann oder Einefraubetrieb bis hin zu weitverzweigten, transnationalen Unternehmen. Fast alle sind auf eine bis mehrere «binationale Kombinationen» spezialisiert. So bietet eine Agentur «weltweite Dienste» für die Vermittlung zwischen Amerikanern und Asiatinnen an. Andere vermitteln Polinnen an Deutsche, Rumäninnen an Schweizer, Filipinas an Australier oder an Japaner.

Die Agenturen und Institute befinden sich überall dort, wo Männer und Frauen leben, die einen Partner oder eine Partnerin suchen. In Moskau beispielsweise haben sich seit der politischen Wende 200 Agenturen auf die Heiratsvermittlung von insgesamt über 50 000 Russinnen spezialisiert.

Befinden sich die Vermittlungsdrehscheiben in Industrieländern, sind sie oft aufgrund einer Reise in eine (Sex-)Tourismusdestination entstanden. So sind Besitzer mittlerweile umsatzstarker Agenturen beispielsweise nach Thailand gefahren, haben dort eine Frau geheiratet und sind mit ihr zurückgekehrt. Als sie merkten, daß Freunde und Bekannte sich ebenfalls für Thai-Frauen interessierten, begannen sie quasi als Freizeitbeschäftigung, Ehen zu arrangieren. Aus dem Hobby wurde ein Geschäft, eine Agentur, ein professioneller Club. Angesichts dieses Zusammenhangs zwischen Sextourismus und Heiratsinstituten, die von binationalen Paaren geführt werden, erstaunt es nicht, daß Reise- und Vermittlungsgeschäfte eng miteinander verflochten sind. In Deutschland arrangiert rund die Hälfte der Heiratsinstitute nebst Ehen auch Reisen und verkauft Flugtickets.

Methoden, Männersehnsüchte und Klischees

Die Arbeitsmethoden von Agenturen und ähnlichen Instituten gehen auf die jahrhundertealte Wahrnehmung der weißen Männer von Frauen aus Afrika, Asien und Lateinamerika zurück: Die Frau gilt ihnen als kaufbares Objekt voller Exotik, Wildnis und Natur. Diese Haltung widerspiegelt sich in den Katalogen, wo Agenturen die heiratswilligen Frauen mit Bild und Kurzbeschreibung präsentieren. Die Rede ist von «Angebot» und einem «Reservoir an heiratswilligen Frauen». Ausdrücke wie «Heirat, oder Geld zurück», «Ladenhüter», «en gros», «auf Lager» und «Ratenzahlung möglich» sind ebenfalls Teil der Branchensprache.

Die Art und Weise, wie Frauen beschrieben werden, verknüpft kolonialistische Klischees mit den aktuellen Realitäten der Ursprungsländer und ist auf die männliche Zielgruppe zugeschnitten. Grundsätzlich sind die «angebotenen» Frauen treu, bescheiden, attraktiv und fleißig.

Wirtschaften können sie. Denn gerade die rumänische Frau mußte jahrzehntelang unter dem Joch der Diktatur leiden und immer wieder improvisieren, weil es einfach an allem mangelte. Jetzt aber sind sie frei. Sie haben gültige Reisepässe und können jederzeit ausreisen. (Prospekt der Agentur «GEO P», Schweiz)

Die Tatsache, daß viele Frauen aus dem Ex-Ostblock gut ausgebildet sind, hat zur Spezialisierung auf neue Zielgruppen geführt. Als sich beispielsweise eine deutsche Agentur bewußt wurde, daß eine sehr gut ausgebildete Russin für den «kleinen Mann» nicht in Frage kommt, erschloß sie einen Absatzmarkt, der vorwiegend aus Ärzten, Rechtsanwälten und Unternehmern besteht. Sie plaziert ihre Inserate seither ausschließlich in gutbürgerlichen Zeitungen. Deren Leser sprechen auf das Klischee der gut ausgebildeten und gleichzeitig «ungemein attraktiven, anschmiegsamen und rassigen Frau» am ehesten an.

Männer, die eine Frau aus Afrika, Asien, Lateinamerika oder dem ehemaligen Ostblock heiraten, kommen aus verschiedenen sozialen Schichten und stehen in unterschiedlichen gesellschaftlichen Positionen. Eine Untersuchung des deutschen Bundesministeriums für Frauen und Jugend zeigt, daß es diesen Männern auffallend oft an sozialen Kontakten und lebbarer Emotionalität mangelt. Viele haben Beziehungsprobleme und eine gescheiterte Ehe hinter sich.

Die Russin ist der beste Kompromiß zwischen unserer Kultur und dem Wunsch nach einer traditionellen Partnerschaft. Die Schweizerinnen sind überemanzipiert. (Ein Schweizer, der in Moskau auf Brautschau ging, Blick 1993.)

Eine Studie über australische Männer, die eine Filipina heirateten, kommt zu ähnlichen Resultaten. Die generelle Zunahme von philippinisch-australischen Ehen wird außerdem mit einem Mangel an jungen, unverheirateten Australierinnen erklärt sowie mit der Tatsache, daß immer weniger australische Frauen eine Ehe und Kinder als das wichtigste Lebensziel betrachten. Diese persönlichen Schwierigkeiten münden in den Wunsch nach gefügigen, dankbaren Frauen; nach Frauen, auf die der Mann mit dem befriedigenden Gefühl eines Entwicklungshelfers und Käufers herabsehen kann. Deshalb suchen sich konservative Australier nach einer Scheidung eine Filipina, die als schwach, familienorientiert und absolut loyal gilt.

Hat sich ein Mann zur Heirat mit einer Frau aus Afrika, Asien, Lateinamerika oder dem Ex-Ostblock entschieden, stehen ihm mehrere Möglichkeiten zur Wahl. Will er seine Heiratsabsichten mit einer Reise verbinden, macht er es wie der bereits erwähnte Schweizer, der nach Moskau flog und sich dort zum größten Partnervermittlungsinstitut begab. Der Mann kann auch eine organisierte Kontaktreise antreten, beispielsweise bei Premiere-Reisen, die unter der Frage: «‹Solo?› Premiere-Kontaktreisen für nur 600 Franken» in die Tschechische Republik anbieten.

In Zeitungen findet der Mann mit Sicherheit ein riesiges Angebot an Inseraten verschiedener Agenturen. Hat er sich für ein Institut entschieden, bestellt er sich beispielsweise einen Katalog oder er vereinbart mit der Agentur einen Termin, um in der agentureigenen Kartei zu blättern oder sich ein Video über verschiedene Frauen anzuschauen. Gewisse Agenturen halten Frauen auf Abruf bereit, die von den Kunden «zur Probe» nach Hause genommen werden können. Befinden sich die ausgesuchten Frauen nicht vor Ort, reist der Kunde in ihr Heimatland oder läßt sie herkommen. Der heiratswillige Mann kann der Agentur auch lediglich seine Wünsche mitteilen und von sich eine Karteikarte erstellen lassen. Er zahlt eine Jahresgebühr und erhält pro Jahr eine bestimmte Anzahl Vorschläge zugesandt. Kommt die Vermittlung seiner Ehe zustande, bezahlt er zwischen 3 000 und 20 000 Franken.

Situation der Migrantin: Dreifaches Machtgefälle

Migriert eine Frau in ein Industrieland mit der Absicht, dort einen Mann zu heiraten, steht sie unter dem Druck, innerhalb der erlaubten dreimonatigen Aufenthaltsdauer selbständig einen Mann zu finden. Reist sie mit Hilfe einer Agentur ein, kann sie über ihre Rückreise nicht selbst entscheiden, da sie den AgenturbesitzerInnen ausgeliefert ist. Sie hat im schlimmsten Fall für mehrere Männer als Probefrau hinzuhalten, unabhängig davon, ob sie am Schluß geheiratet wird oder nicht. Findet sie über die Agentur keinen Ehemann, fliegt sie entweder zurück oder taucht in die Illegalität ab, wo sie mit großer Wahrscheinlichkeit in der Prostitution landet.

Grundsätzlich befindet sich eine Migrantin aus Afrika, Asien oder Lateinamerika, die einen Mann aus einem Industrieland geheiratet hat, vor einem dreifachen Machtgefälle. Als Frau und der «Dritten Welt» zugehörig, wird sie mit den bereits erwähnten rassistischen und sexistischen Vorurteilen konfrontiert. Meistens begibt sie sich in eine ökonomische Abhängigkeit.

Als Migrantin kommt sie in ein Land, dessen Sprache und Kultur sie in der Regel nicht kennt. Was für ihren Mann selbstverständlich ist, bedeutet für sie eine zusätzliche Anstrengung. Sie muß die

Sprache lernen, sich mit den Sitten vertraut machen und sich damit abfinden, daß ihre Ausbildung eventuell nicht anerkannt wird: Sie fängt in jeder Beziehung von vorne an. Selten wird sie von einem eigenen sozialen Netz getragen. Unterstützung wird sie am Anfang der Migration meist nur von ihrem Mann erhalten. Er ist der Schlüssel zu einer für sie fremden Kultur, die er ihr allenfalls nur zögernd oder auf einschränkende Art und Weise erschließt. Sie hat außerdem die Erwartungen seiner Familie und Bekannten zu erfüllen und sich deren Vorstellungen anzupassen. Hat das Paar Kinder, wird deren Erziehung vom Mann und von seinem sozialen Umfeld oft überwacht. Oft muß die Frau die Erziehungstradition ihrer eigenen Kultur zugunsten derjenigen ihres Mannes opfern. Kinder, die sie vor der Ehe geboren hat und die in ihrer Heimat leben, hat sie unter Umständen zu verleugnen, weil viele Männer keine finanzielle Verantwortung übernehmen wollen und Gerede oder Spott ihres Umfeldes fürchten.

Über ihrer Ehe hängt in vielen Ländern von Anfang an das Damoklesschwert der Ausschaffung. Wird beispielsweise in der Schweiz die Ehe vor Ablauf von drei Jahren geschieden und hat das Paar keine Kinder, kann die Frau außer Landes geschafft werden. Erst nach drei Jahren Ehe und fünf Jahren Aufenthalt in der Schweiz besitzt sie das Recht, eine erleichterte Einbürgerung zu beantragen.

Dieser Druck läßt sich nicht so einfach auflösen. Er zementiert die strukturelle Abhängigkeit der Migrantin von ihrem Ehemann.

Einige Männer nutzen dieses Machtgefälle schamlos aus. Wer eine Frau aus Afrika, Asien oder Lateinamerika aufgrund der weitverbreiteten Klischees geheiratet hat, wird oft gewalttätig, wenn sich die Ehefrau nicht dem Klischee oder seinen Erwartungen entsprechend verhält. Er verbietet ihr, die Sprache zu lernen, einer Lohnarbeit nachzugehen oder alleine das Haus zu verlassen. Wagt die Frau den Aufstand, schlägt der Mann nicht selten zu und droht mit Scheidung.

Gewisse Männer bleiben mit keiner Frau länger als ein paar Monate zusammen. Sind sie ihrer überdrüssig geworden, kaufen sie ihr ein Ein-Weg-Ticket und setzen sie ins nächste Flugzeug. Andere lassen sich zuvor scheiden oder setzen ihre Frau kurzerhand vor die Tür und schließen die Wohnung ab. Es soll Männer geben, die in Intervallen von einigen Monaten stets eine neue Frau aus Afrika, Asien oder Lateinamerika geheiratet haben.

Ein Schweizer Arzt arbeitete auf der Dominikanischen Republik, wo er seine Frau kennenlernte, heiratete und in die Schweiz brachte. Die Ehe dauerte mehrere Jahre, das Paar hatte zwei Kinder. Als es zur Krise kam, ließen sie sich scheiden. Der Mann wurde zu Alimenten- und Rentenzahlungen verpflichtet. Eines Tages machte er sich aus dem Staub. Er lebt seither auf den Philippinen mit einer Filipina. Seiner Exfrau und den Kindern hat er bis heute keinen Rappen bezahlt.

Heiratsmigration in Indien und China: Frauenmangel und Heiratsmarkt

In Asien gibt es mittlerweile 100 Millionen weniger Frauen als Männer, da Frauen gesellschaftlich weniger wert sind und weibliche Föten so oft abgetrieben werden. (Newsweek, Nr. 28, 1995)

Daß 99 Prozent der in Indien abgetriebenen Föten weiblichen Geschlechts sind, ist seit mehreren Jahren Gegenstand von Artikeln und Untersuchungen. Das frauenfeindliche Phänomen ist längst erklärt und von der Regierung verboten. Doch es existiert nach wie vor. Ein Mädchen wird als Last betrachtet. Sie kann nur verheiratet werden, wenn ihre Eltern die nötige Mitgift aufbringen. Mit der Verbreitung von Konsumgütern sind die Mitgiftforderungen insbesondere von Mittelschichtsfamilien ins Astronomische gestiegen. Sie treiben nicht wenige der Familien mit heiratsfähigen Töchtern in den Ruin.

In China besteht ebenfalls ein auffallend hoher Mädchenmangel. Dies hängt mit der rigorosen Familienpolitik zusammen sowie mit der konfuzianischen Lehre, die die Wichtigkeit von Söhnen betont. Angesichts der Tatsache, daß pro Familie nur ein Kind erlaubt ist, treiben Frauen weibliche Föten ab oder setzen die Säuglinge aus. Viele der ausgesetzten Mädchen landen in staatlichen Waisenhäusern, wo sie von amerikanischen, kinderlosen Eltern gegen einige tausend Dollar adoptiert werden können. Die chinesische Regierung verdient dadurch jedes Jahr mehrere Millionen Dollar.

Der Frauenmangel in China, Indien, aber auch in Südkorea – wo jedes Jahr schätzungsweise 20 000 weibliche Föten illegal abgetrieben werden – steht in engem Zusammenhang mit spezifischen Formen der Heiratsmigration. So begibt sich jährlich eine unbekannte Zahl Araber aus den Golfstaaten nach Indien auf Brautschau. Eine Heirat mit einer jungen indischen Frau löst zwei Probleme: Der Araber umgeht dadurch die kostspielige Ehe mit einer anspruchsvollen Araberin, und die indische Familie ist ein Mädchen los und um einige hundert Dollar reicher. Bei diesen Eheschließungen handelt es sich nicht um Einzelfälle. In Hyderabad, der Hauptstadt des indischen Bundesstaates Andra Pradesh und als muslimischer Hochburg Zentrum dieses Heiratsmarktes, werden jährlich rund 25 000 Ehen zwischen arabischen Bürgern und jungen Inderinnen geschlossen.

Im Falle von China hat die asiatische Presse in den letzten Jahren wiederholt über den zunehmenden Mädchenschmuggel über die vietnamesisch-chinesische Grenze berichtet: Vietnamesinnen werden als Ehefrauen an Bauern in Südchina verkauft. In gewissen Gebieten der südchinesischen Provinz Hubei, wo ein besonders ausgeprägter Mangel an einheimischen jungen Frauen besteht, soll jede zehnte Familie an diesem Mädchenschmuggel beteiligt sein. Etliche Frauen werden auch zwischen «frauenreicheren» und «frauenärmeren» Provinzen verschoben:

Jinrong, eine 28jährige Frau, erhielt von ihrem Nachbarn eine Stelle in einer 1 500 km entfernten Stadt versprochen. Er begleitete sie auf der Zugfahrt und zwang sie zur Heirat. Da er ihren Paß und ihr Geld an sich genommen hatte, mußte sie sich fügen. Der Nachbar verkaufte sie einem südchinesischen Bauern für 250 Dollar. «Nach dem ersten Schock begann ich meinen Mann zu mögen. Dann hatten wir ein kleines Kind, und ich fühlte mich zu Hause.» (Newsweek, 1995)

Der drastische Frauenmangel in Asien wird laut dem amerikanischen Morrison-Institut für Bevölkerungsstudien weitreichende ökonomische Folgen haben. Es prognostiziert, daß Massen von Männern auf der Suche nach einer Frau ihr Land verlassen werden. Das Institut befürchtet eine dramatische Ausweitung des organisierten Heiratsmarktes.

Die Kombination von der Ausweitung der freien Marktwirtschaft und dem zunehmenden Mangel an verfügbaren Bräuten wird im asiatischen Raum dazu führen, daß Frauen vermehrt als Waren betrachtet werden, die verkauft und gekauft werden können.

Flucht

Zwei von Saddam Husseins Töchtern sowie ihre Ehemänner – hochrangige Militäroffiziere – erhielten zusammen mit anderen Armeeangehörigen politisches Asyl in Jordanien. Diese «Desertationen» sind möglicherweise das Produkt von amerikanischen Geheimdienstaktivitäten und weisen auf die Zerstrittenheit von Saddams Clique hin. (Time, 21.8.1995)

Ljubica Milic war vom Regen durchnäßt. Die junge Serbin war bei einer Tankstelle zwischen Banja Luka und Belgrad anzutreffen, wo sie zusammen mit ihren beiden Kindern auf Hilfe wartete. Das Dorf von Ljubica Milic war einige Tage zuvor von kroatischen Soldaten erobert worden. Milic floh mit ihren Kindern und traf einen Mann, der ihr versprach, sie für 500 deutsche Mark nach Belgrad zu bringen. Milic hatte jedoch nur 200 Mark. Als Entschädigung für die fehlende Summe hat sie mit ihm geschlafen. Doch er lud sie und die Kinder mitten auf der Überlandstraße aus. «Ich bin im Nichts gelandet, habe kein Geld, nur meine beiden Kinder. Was mir zum Verkauf übrig bleibt, ist einzig und allein mein Körper.» (Time, 21.8.1995)

Flüchtlinge werden am ehesten wahrgenommen, wenn sie in Massen fliehen. Dazu gehören die Kriegsflüchtlinge, welche gezielt von der gegnerischen Seite vertrieben werden oder ihre Häuser verlassen, weil ihr Leben durch kriegerische Aktivitäten bedroht wird.

1987 wurden VietnamesInnen durch ihre dramatische Reise übers Meer als «boat people» berühmt: 28 000 Menschen versuchten die Flucht: 11 000 von ihnen landeten in Thailand, Tausende auf einer indonesischen Insel vor Singapur.

In Afghanistan trieb der Krieg Hunderttausende von Menschen nach Pakistan, wo bis heute 75 Prozent der afghanischen Flüchtlinge leben. In Europa lebten 1994 vier Millionen Flüchtlinge aus Ex-Jugoslawien. Im gleichen Jahr zwang der Krieg zwischen Armenien und Aserbeidschan eine halbe Million Menschen zur Flucht. Clankämpfe in Tadschikistan hatten 60 000 Flüchtlinge zur Folge.

Zu den «ältesten» Flüchtlingen zählen immer noch mehr als zweieinhalb Millionen PalästinenserInnen: Seit 1948 vertrieben, sind gewisse Familien zwei- bis viermal entwurzelt worden.

Weltweit am meisten Flüchtlinge «beherbergt» bis heute der afrikanische Kontinent. Ein Viertel der Gesamtbevölkerung Somalias befindet sich außerhalb der Landesgrenze. In Zaire wohnen Hunderttausende von ruandischen BürgerInnen in Flüchtlingslagern, aus dem westafrikanischen Staat Togo flohen 280 000 Menschen vor politischer Repression.

Krieg ist ein Grund zur Flucht. Andere Gründe sind Umweltkatastrophen, wirtschaftliche Notlagen und spezifische Verfolgungen. Menschen, die vor der Tschernobyl-Verseuchung flüchteten, dem Ausbruch eines Vulkans, vor einer Überschwemmung oder vor Dürren, gelten als «Umweltflüchtlinge». AnhängerInnen von politischen Widerstands- und Oppositionsgruppen können unter Umständen zu politischen Flüchtlingen erklärt werden, während jene, die aufgrund der Zugehörigkeit zu einer religiösen Gruppe verfolgt werden – wie beispielsweise die Schiiten in Saudi-Arabien – «religiöse Flüchtlinge» sind.

Flüchtlinge werden nicht überall als solche anerkannt. Es gibt eine Art international gültiges Einverständnis, was unter «Flüchtling» zu verstehen ist. Laut der Genfer Konvention von 1951 gilt als Flüchtling, wer «aus wohlbegründeter Angst vor Verfolgung aus politischen, rassistischen oder religiösen Gründen seine Heimat verlassen hat». Diese Konvention wurde im Protokoll von 1967 erweitert und bis 1991 von 91 Mitgliedstaaten ratifiziert. Dennoch deckt der Begriff bis heute nur einen Teil der tatsächlich existierenden Flüchtlinge ab. Umweltflüchtlinge zum Beispiel sind darin nicht eingeschlossen.

Laut dem UNO-Hochkommissariat für Flüchtlinge (UNHCR) existierten Mitte der neunziger Jahre weltweit rund 20 Millionen Flüchtlinge sowie 25 Millionen Vertriebene («displaced persons»), die ihre Städte oder Dörfer verlassen mußten, sich aber noch in ihrem eigenen Land aufhalten. Allein aufgrund dieser offiziellen Statistik hat sich Mitte der neunziger Jahre jeder hundertzwanzigste Mensch der Weltbevölkerung auf der Flucht befunden. Doch diese Zahlen widerspiegeln nicht das ganze Ausmaß der weltweiten Fluchtbewegungen, da das UNHCR eine Person nur als Flüchtling anerkennt, wenn diese den Kriterien der Genfer Konvention entspricht.

Der Begriff «Flüchtling» wurde in den Industrieländern zu einem politisch besetzten Ausdruck und zum Jonglierball verschiedener Gruppierungen. Gerade in diesen Staaten entspricht jedoch die Intensität der geführten Debatten nicht der Anzahl real anwesender Flüchtlinge. 95 Prozent der weltweiten Flüchtlinge «beanspruchen» die Gastfreundschaft von ärmeren oder sehr armen Ländern, wie zum Beispiel jene von Äthiopien, auf dessen Boden sich das weltweit größte Flüchtlingslager befindet.

Daß so wenig Menschen nach Europa gelangen, liegt unter anderem am weiten und komplizierten Weg sowie an der Grenz- und Asylpolitik der europäischen Staaten. Als sich beispielsweise nach 1989 die Grenzen der zuvor abgeschlossenen ost- und mitteleuropäischen Staaten öffneten, fanden sich sofort Tausende von

Flüchtlingen ein. Polen, Rumänien und Albanien sind bis heute Ziel- und vor allem Transitländer für Flüchtlinge.

Die Länder des Ex-Ostblocks haben ihre Asylpolitik erst kürzlich formuliert und sind im Umgang mit Flüchtlingen unerfahren. Westeuropäische Staaten jedoch sahen sich mit dem «Flüchtlingsproblem» bereits seit Mitte der achtziger Jahre konfrontiert und sind seit einiger Zeit daran, eine westeuropäische Asyl- und Grenzpolitik zu entwickeln. Je ausgefeilter und hermetischer diese Politik wird, desto weniger Menschen gelingt es, in eines dieser Länder zu flüchten. Wer genügend Geld aufbringt, kann mit Hilfe eines Schleppers in ein westeuropäisches Land fliehen, hat aber keine Garantie, als Flüchtling anerkannt zu werden.

«Der Flüchtling»: Meistens eine Frau

Bilder von Menschen auf der Flucht zeigen häufig Frauen: Frauen mit hungrigen Kindern; alte, herumirrende Frauen; weinende Frauen. Diese Bilder und die entsprechenden Fluchtgeschichten widerspiegeln eine offiziell anerkannte Realität: Laut dem UNHCR sind 80 Prozent aller Flüchtlinge Frauen und Kinder.

Wo offener (Bürger-)Krieg herrscht, fliehen Frauen ohne ihre Männer, weil letztere in irgendeiner Form am Kampf beteiligt sind oder umkamen. In Regionen, wo Männer ihre Familien für immer oder zeitweise verlassen, um sich dem bewaffneten Widerstand anzuschließen, werden Frauen von der Polizei verfolgt, zu Aussagen erpreßt oder als Geiseln genommen. Dies kann auch jenen Frauen passieren, deren männliche Familienangehörige sich im Gefängnis befinden, «verschwunden» sind oder umgebracht wurden. Wer die nötigen Mittel und Möglichkeiten besitzt, entzieht sich dieser ständigen, unberechenbaren Bedrohung durch Flucht.

Frauen fliehen auch aus Ländern wie Saudi-Arabien oder dem Iran, weil sie sich deren für Frauen restriktiven Normen nicht beugen wollen und bei Widerstand mit Gefängnis oder Todesstrafe rechnen müssen.

Die Probleme der Frauen beginnen bereits während ihrer Flucht. Jene, die zusammen mit ihren Männern flüchten, können diese beim Passieren von Checkpoints oft nur schützen, indem sie den Soldaten ihren Körper zum sexuellen Gebrauch anbieten. Fliehen Frauen mit Kindern, brauchen sie mehr Zeit und haben größere Strapazen zu ertragen.

Dann haben wir die Piraten gesehen. Sie hatten Messer und Dolche. Sie schienen wie wilde Tiere. Ich umarmte meinen Mann und meinen Sohn zum letzten Mal. Wir versuchten, ruhig und stark zu bleiben. Sie trennten mich von meiner Familie und nahmen mich auf ihr Boot. (...) Ich weiß nicht, wie viele Tage vergingen. Sie haben uns Tag und Nacht mißbraucht. Wir waren erschöpft, wir waren wie ein Kadaver. Ich überlegte mir, meine Zunge zu durchbeißen und mich umzubringen. Aber jedesmal, wenn das Bild meines Mannes und meines Sohnes vor meine Augen trat, dachte ich, daß sie vielleicht noch lebten und ich für sie sorgen müßte. Diese Hoffnung ließ mich überleben. (Vietnamesin in einem Flüchtlingslager in Thailand, UNHCR-Broschüre, 1995)

Die Berichte über Vergewaltigungen in Ex-Jugoslawien haben einmal mehr deutlich gemacht, daß diese geschlechtsspezifische Form von Folter ursächlich mit Krieg und einer seiner Folgen, der Flucht, zusammenhängt: Japanische Soldaten haben im Zweiten Weltkrieg chinesische Flüchtlingsfrauen vergewaltigt; jene aus Pakistan vergingen sich an Frauen aus Bangladesh, und die amerikanischen GIs vergewaltigten während des Vietnamkriegs Vietnamesinnen. Umfragen von UNHCR-MitarbeiterInnen in Flüchtlingslagern in Bangladesh, Kenya oder Zaire bestätigen, daß Vergewaltigungen zu einem der Traumen gehören, die sehr viele Frauen auf ihrem Fluchtweg erleben.

In den Flüchtlingslagern sind Männer selten. In Zelten oder Baracken leben mehrheitlich alleinstehende Frauen mit ihren Kindern. Da sie als Alleinstehende als «Freiwild» betrachtet werden, sind sie auf den Schutz der wenigen Männer angewiesen. Letztere dominieren die Lagerhierarchie und kontrollieren die Verteilung von Lebensmitteln und anderen Gütern. Die Gegenleistung der Frauen für den gewährten «Schutz» ist meistens sexuelle Verfügbarkeit. Frauen müssen sich prostituieren, um geachtet zu werden.

Die Männer in den Lagern tragen zum Überleben wenig bei. Es sind Frauen, die Brennholz sammeln, Essen zubereiten und ihre traumatisierten Kinder zu beruhigen versuchen. Frauen stehen frühmorgens vor einer Wasserpumpe, wo sie unter Umständen stundenlang anstehen, bis sie ihren Kanister füllen können. Sie warten vor Ernährungszentren, wo die ÄrztInnen den meist unter- oder fehlernährten Kindern alle drei Stunden Flüssignahrung zuführen, und auch wenn Frauen unter diesen Lasten zusammenbrechen, können sie es sich nicht leisten, sich hinzulegen.

Immer noch sind wenige der Lager auf die Bedürfnisse von Frauen zugeschnitten. An das Verteilen von Binden für die Monatsblutung wird beispielsweise oft nicht gedacht. Für eine Frau bedeutet dies unter Umständen, daß sie einmal pro Monat während mehrerer Tage weder in die Öffentlichkeit gehen noch dringende Arbeiten erledigen kann. Allerdings findet allmählich ein Bewußtseinswandel statt. Das UNHCR führt mittlerweile in vielen Lagern spezielle Frauenprogramme durch und stellt gezielt Lagerleiterinnen und -mitarbeiterinnen an. Vermehrt wird auch darauf geachtet, daß Lebensmittel direkt an die Frauen verteilt werden.

Im Asyl: Überlebenskünstlerinnen

Frauen, die in ein Nachbarland flüchten, erhalten dort nicht zwingend Asyl. Bestenfalls lassen diese Länder die Flüchtlinge über die Grenze, bauen mit Hilfe von internationalen Organisationen Lager auf oder sorgen für eine entsprechende Infrastruktur. Ein Lageraufenthalt kann sich je nach Konflikt über mehrere Wochen oder gar Jahre hinziehen. Frauen aus Afghanistan, die vor etlichen Jahren nach Pakistan flohen, leben zum Teil heute noch in den Lagern und haben angefangen, kleine, einkommensschaffende Projekte aufzubauen. Etliche KurdInnen, die Mitte der siebziger Jahre vor der irakischen Armee in den Iran flohen, arbeiten heute in iranischen Fabriken und möchten nicht mehr in den Irak zurückkehren.

Bosnische Flüchtlingsfrauen mußten länger in Kroatien bleiben, als sie sich vorgestellt hatten. Einige von ihnen haben im Lager oder in einem der von Hilfsorganisationen unterstützten Projekte Arbeit gefunden; andere versuchen, in einem westeuropäischen Land Asyl zu erhalten. Nur wenigen gelingt es, bei einer Botschaft vor Ort ein Asylgesuch einzureichen und Asyl zu erhalten.

Im Jahre 1991 machten in der Schweiz Frauen 44 Prozent der 27 000 anerkannten Flüchtlinge aus. 92 Prozent haben bereits mehr als fünf Jahre in der Schweiz gelebt. Knapp ein Drittel kam aus Südostasien, weitere 30 Prozent aus dem Ex-Ostblock. 15 000 Frauen stellten im gleichen Jahr ein Asylgesuch. Dies entsprach etwa einem Viertel aller eingereichten Asylgesuche. Die Mehrheit der Flüchtlingsfrauen war zwischen 20 und 40 Jahre alt, verheiratet und Mutter von einem oder mehreren Kindern. Die Frauen stammten aus Sri Lanka, Ex-Jugoslawien, Rumänien, dem Libanon und der Türkei.

Flüchtlingsfrauen kommen meistens als Ehefrauen in die Schweiz. In der Regel schließen sie sich dem Antrag des Mannes an, obwohl sie persönliche Fluchtgründe haben. Jene, die ein eigenes Gesuch stellen, haben mit frauenspezifischen Fluchtgründen – wie Verfolgung wegen Verweigerung des Kopftuchtragens – wenig Chancen. Schikanen oder Diskriminierungen reichen nicht aus. Die Verfolgung muß vom Staat ausgehen und nicht von einer Dorfgemeinschaft, die eine Frau aufgrund eines als unsittlich empfundenen Verhaltens verstößt. Frauenspezifische Widerstandsformen – wie Verteilen von Flugblättern, Versorgung einer Widerstandsgruppe mit Nahrungsmitteln, Waffenschmuggeln – werden nicht als politische Formen des Widerstands anerkannt. Sexuelle Gewalt allein ist kein Asylgrund. Gerade erlittene sexuelle Gewalt wird in der Asylpraxis immer wieder als unglaubwürdig abqualifiziert.

Ich denke nicht, daß Frauen aus meiner Kultur sofort über eine erlittene Vergewaltigung sprechen können. Sie beginnen eher, ihre

Namen und ihre Geschichte zu ändern, um diesen Punkt umgehen zu können. (Äthiopische Flüchtlingsfrau)

Indem Frauen ihre Geschichten ändern, verstricken sie sich. Erzählt eine Frau ihre Geschichte nicht immer identisch, stürzen sich viele BefragerInnen auf die «Ungereimtheiten». Sie sind überzeugt, daß dahinter unlautere Absichten stecken müssen.

Eine Auseinandersetzung mit der Asylrelevanz von frauenspezifischen Fluchtgründen hat erst in Ansätzen begonnen.

Sind Frauen im Besitz einer humanitären Aufenthaltsbewilligung oder wurden sie als Flüchtlinge anerkannt, haben sie erst die erste Hürde genommen. Zu den meistgenannten Problemen von Flüchtlingsfrauen in der Schweiz zählen Arbeits- und Wohnungssuche, das Nichtbeherrschen der Sprache und das Gefühl der Entwurzelung. Nach dem drei bis sechs Monate dauernden Arbeitsverbot finden Frauen in der Regel eine Anstellung als Hilfskräfte in Fabriken oder im Gastgewerbe. Vor allem für gutqualifizierte Frauen ist dieser berufliche Abstieg schwer zu verkraften. Alleinstehende Frauen fühlen sich oft als «Freiwild». Sie brauchen doppelte Energie zur Bewältigung des Alltags, da sie immer darauf achten müssen, ihren Ruf zu wahren und klarzumachen, daß sie keinen «Besitzer» benötigen.

Frauen, die mit ihren Männern in die Schweiz kamen, haben es nicht unbedingt einfacher. Ihre Männer sind durch die ungewohnte und ungewisse Situation gestreßt und lassen ihre Ohnmachtsgefühle nicht selten an ihren Frauen aus. Die oft isoliert lebenden Frauen stehen unter großem psychischem Druck. Sie sind plötzlich allein für Haushalt und Kindererziehung zuständig. Es fehlen ihnen die Nachbarinnen, die in ihrem Heimatland die Kinder hüteten oder ein offenes Ohr für ein Problem hatten; es fehlt ihnen der Rahmen der Großfamilie, deren soziale Kontrollfunktion nicht nur beengend, sondern auch konfliktlösend sein kann. Immer wieder scheitern Flüchtlingsfrauen an dieser schwierigen Situation. Vielen gelingt es trotz allem, ihr erschöpftes Potential an Anpassungsfähigkeit, Ausdauer und Geduld wieder aufzubauen.

Tschechische Republik: Land in Transformation

1989 hat der Kommunismus in der damaligen Tschechoslowakei abgedankt, die Grenzen wurden geöffnet. Seither ist alles im Auf- und Umbruch. Frauen sind von den gesellschaftspolitischen Veränderungen in hohem Maße betroffen. Viele migrieren innerhalb der Tschechischen Republik in die Sexindustrie oder verlassen das Land, um in Westeuropa ihr Glück zu versuchen.

Bis 1989 war in der damaligen Tschechoslowakei eine kommunistische Regierung an der Macht. Die Betriebe gehörten dem Staat. Privatinitiativen existierten sozusagen nicht. Arbeitslosigkeit und Armut galten offiziell als beseitigt. Frauen und Männer arbeiteten in einem der verstaatlichten Betriebe. Sie verdienten wenig, doch ihr Arbeitsplatz war gesichert. Für ihre Kinder standen genügend Kindergärten bereit. Wer sich vor 1989 nicht mit der Regierung beziehungsweise der kommunistischen Ideologie anlegte, führte in der Regel ein einfaches, aber relativ abgesichertes Leben. Der Staat sorgte mit dem Gesetzesartikel gegen sozialen Parasitismus dafür, daß alle in irgendeiner Form in die staatlich geregelte Arbeitsmaschinerie eingebunden waren. Wer keine Arbeitsstelle nachweisen konnte, galt als «ParasitIn» und wurde mit Gefängnis bestraft.

Seit der «Samtenen Revolution» änderten Verfassung, Grenzen und Staatsbezeichnung zweimal, Regierung, Parlament und Währung dreimal. Die Privatisierung ist auf allen Ebenen in vollem Gange. Die Grenzen haben sich geöffnet, Menschen investieren in Ungewohntes und machen sich selbständig. Die Palette der Aktivitäten ist breit: Sie reicht von der Pragerin, die in ihrer Wohnung als

Kosmetikerin arbeitet, oder dem Waldarbeiter, der auf einem ehemaligen Adligengut Strauße züchtet, bis zu jenen, die skrupellos und schlau genug sind, um aus dem Umbruch Profit zu ziehen.

Der Umbruch führte zur Polarisierung der Gesellschaft in eine schmale Schicht von Superreichen und eine breite Schicht von VerliererInnen. Trotzdem sind noch nicht breite Bevölkerungsschichten von einer absoluten Verarmung erfaßt. Im Vergleich zu anderen Ländern des Ex-Ostblocks ist die Arbeitslosenquote sehr niedrig. Sie beträgt im Durchschnitt 2,6 bis 3,2 Prozent. In Regionen, die von der wirtschaftlichen Transformation stärker betroffen sind, steigt die Quote bis 8 Prozent. Dies ist vor allem in Nordböhmen der Fall, da sich die großen, unrentablen Betriebe der Schwerindustrie dort befinden, die zum Teil bereits geschlossen wurden.

Nach 1989 wurde das Leben für die meisten der rund 10 Millionen BürgerInnen teurer. Die Inflation beträgt rund 20 Prozent. Mit einem durchschnittlichen Monatslohn von 6 700 Kronen (238 Dollar) kommen sehr viele Familien nur knapp über die Runden.

Frauen sind bisher von der Arbeitslosigkeit nicht wesentlich stärker betroffen als Männer. 1995 lag die Arbeitslosenquote von Frauen 1,4 Prozent über dem landesweiten Durchschnitt. 1993 verdienten Frauen 74,8 Prozent des Lohnes eines Mannes. Eine geschlechtsspezifische Lohnungleichheit bestand jedoch bereits unter dem Kommunismus. 1988 machte der Lohn einer Frau im Durchschnitt 70,9 Prozent eines Männerlohnes aus.

Der Anteil von Frauen am Total der Erwerbstätigen ist zwischen 1989 und 1995 von 46 Prozent auf 43 Prozent gesunken und wird wahrscheinlich weiter sinken. Da Frauen im staatlichen Sektor 74 Prozent der Angestellten ausmachen, werden sie von der fortschreitenden Privatisierung überdurchschnittlich stark betroffen sein. Obwohl Mutterschaftsurlaub und andere soziale Errungenschaften nach wie vor bestehen, wird es schwieriger werden, Kindererziehung, Haus- und Lohnarbeit zu vereinbaren.

Über die offenen Grenzen ist das «Ausland» in unterschiedlichster Form in die Tschechische Republik gedrungen. Allein in Prag haben sich 40 000 AmerikanerInnen angesammelt, die dort mehrheitlich ein bescheidenes KünstlerInnen- oder Bohemienleben pflegen.

Über die offenen Grenzen kehrten viele der exilierten TschechInnen zurück. Die einen kamen zu Besuch, die anderen für immer. Gleichzeitig strömten Tausende von MigrantInnen aus Ländern der «Dritten Welt» in die Tschechische Republik. Im Winter 1990 beispielsweise, wenige Monate nachdem die letzten russischen Einheiten abgezogen waren, wurden deren Lager wieder benutzt: In den ehemaligen Offizierskantinen und Baracken lebten Männer, Frauen und Kinder aus verschiedensten Ländern der «Dritten Welt».

Der relativ hohe tschechische Lebensstandard zieht auch Männer und Frauen an, die in ärmeren Nachbarstaaten wie der Ukraine, Polen und der Slowakei leben. Eine unbekannte Anzahl Menschen migrierte in die Tschechische Republik, wo sie als billige SchwarzarbeiterInnen begehrt sind.

TouristInnen und Sextouristen haben sich massenweise in die Tschechische Republik aufgemacht, seit die Visumspflicht abgeschafft und die Grenzen geöffnet wurden. 1989 besuchten 29,5 Millionen TouristInnen das Land. 1992 waren es bereits 83,5 Millionen. Die Einnahmen sind im gleichen Zeitraum von 287,3 Millionen Dollar auf 1126,1 Millionen gestiegen. Das Wachstum hält an: Prag gehört zu den beliebtesten Tourismusdestinationen der Welt. Die Mehrheit der TouristInnen reist aus Deutschland, Frankreich, Spanien und der Schweiz ein. 1993 haben 37 000 SchweizerInnen die Tschechische Republik besucht.

Die Frauen in Prag, Moskau und Budapest sind nicht zickig. Man darf sie für Geld sogar küssen. Das ist die Gunst, die in Westpuffs selten gewährt wird. (Spiegel, 1994)

Sextourismus und eine Erotikwelle schwappten mehr oder weniger gleichzeitig in die Tschechische Republik wie auch in andere Länder des ehemaligen Ostblocks. In Polen hängen Bilder von nackten Frauen mittlerweile in den vornehmsten Lokalen. Von den

1 500 Hotelprostituierten in Warschau sind nur noch 15 Prozent Polinnen. Die übrigen stammen mehrheitlich aus Südostasien. In polnischen Zeitungen werben Frauen aus verschiedenen Ländern Afrikas für ihre Dienste. Ungarns Hauptstadt, Budapest, wird als «Bangkok des Westens» angepriesen. Auf dem ungarischen Plattensee fahren «Sexdampfer» herum.

In der tschechischen Republik existiert Prostitution nicht erst seit 1989. Schon unter der kommunistischen Regierung machten an der Überlandstraße E55 zahlreiche junge Frauen Autostopp. Sie schliefen mit den Truckfahrern aus dem Westen und erhielten als Gegenleistung Shampoos, Make-up oder Nylonstrümpfe. Aufgrund des erwähnten Gesetzesartikels gegen soziales Parasitentum lief die Prostitution jedoch verdeckt und hielt sich in Grenzen. Sie breitete sich erst nach der Wende und der Aufhebung dieses Gesetzesparagraphen aus. Seither prostituieren sich rund 500 Frauen aus dem ganzen Land entlang jenes 15 Kilometer langen Teilstücks der E55, das Deutschland mit der Tschechischen Republik verbindet. Polizei und Frauenorganisationen schätzen, daß sich in Prag, Brünn und anderen Städten zwischen 15 000 und 30 000 Frauen prostituieren.

Heute suchen die Prostituierten nicht nur die großen Hotels auf, auch die Cafés und Straßen in der Altstadt gehören zu ihrem Rayon. (Marco Polo Reiseführer)

Werbung für die «Sexdestination Prag» wird in Prospekten, Erotik-Videos und Zeitungen im In- und Ausland betrieben. In Prag haben Stundenhotels, Massagesalons, Erotikclubs und Peepshows bereits etliche Läden, Restaurants und Wohnhäuser verdrängt. So wurde eine Villa, die der tschechischen Gewerkschaft gehörte und zahlreichen NGOs als Tagungszentrum diente, umgebaut und in ein Stundenhotel verwandelt. Männer aus Italien, Österreich und Deutschland sollen gruppenweise zu dieser Villa gefahren werden. Laut einem tschechischen Reiseexperten, der in der Schweiz arbeitet, sind sogenannte «viaggi sessuali» unter Tessinern besonders beliebt. Ebenfalls ein Renner sind «Premiere-Kontaktreisen» nach

Marienbad, wo Schweizer, die vom «Glück zu zweit träumen», während vier Tagen «attraktive Tschechinnen» kennenlernen können.

Solange der Wechselkurs so günstig ist, ist es doch unglaublich billig, geradezu ein Geschenk für zum Beispiel einen Deutschen. In seinem eigenen Dorf könnte er sich aus gesellschaftlichen Gründen nicht leisten, eine Prostituierte zu besuchen, hier jedoch ist er anonym. Zudem liegt Prag viel näher als eines der traditionellen Ziele wie Thailand. (Pressesprecher der tschechischen Polizei)

Die Prostituierten sind unterschiedlichster Herkunft. Viele migrierten aus einem osteuropäischen Land in die Tschechische Republik, bei anderen handelt es sich um Binnenmigrantinnen, die sich aus der tschechischen Provinz in eine der Städte begaben. Niemand weiß genau, wie sich die «Szene» der Prostituierten zusammensetzt. In Prager Erotikclubs wurden thailändische und philippinische Frauen angetroffen. Entlang der Grenzen der Tschechischen Republik sollen sich Frauen der jeweiligen Nachbarländer prostituieren: Polinnen, Slowakinnen sowie Rumäninnen, die illegal in Ungarn leben. Während sich in Prag vorwiegend junge und vermehrt minderjährige Frauen prostituieren, gehen an der E55 vorwiegend «ältere» Frauen ihrer Arbeit nach.

Unter den Prostituierten sind auch Roma-Frauen zu finden. Dies erstaunt auf den ersten Blick, da die Roma traditionellerweise einen sehr strikten Moralkodex befolgen. Prostitution war in Roma-Siedlungen strengstens verboten.

Die Geschichte der Roma in der Tschechischen Republik ist – wie in anderen Ländern des Ex-Ostblocks – von Ausgrenzung und Ablehnung geprägt. Stereotype wie «faul» und «betrügerisch» sind weitverbreitet. Diese Diskriminierungsmechanismen bewirken, daß die Roma seit der Wende von 1989 überdurchschnittlich schnell verarmten. Gerade in Nordböhmen wurden Familienmitglieder als erste aus den Fabriken entlassen. Die Prostitution einzelner weiblicher Familienmitglieder wurde zur einzig möglichen kurzfristigen Lösung ihrer Existenzprobleme.

Die Roma werden sowohl ökonomisch als auch sozial diskriminiert: Prostitution wird in der Öffentlichkeit fast immer in Zusammenhang mit den Roma gebracht. Durch diese doppelte Diskriminierung drückt sich die tschechische Gesellschaft um die Auseinandersetzung mit der sozioökonomischen Realität dieser Ethnie.

Die explosionsartige Verbreitung der Prostitution läßt sich nicht allein mit der Armut erklären. Die meisten Frauen entscheiden sich bewußt und freiwillig für den Schritt in die Prostitution.

Russische Gymnasiastinnen in Moskau, die 1992 nach ihren Berufswünschen befragt wurden, nannten an dritter Stelle – nach Diplomatie und Journalismus – die Prostitution. (Frauenzeitschrift Brigitte)

Von Freiwilligkeit kann nicht mehr die Rede sein, wenn sich die Frauen in der Abhängigkeit wiederfinden, die in der Regel mit Prostitution einhergeht.

Mein Zuhälter ist sehr lieb zu mir. Er nimmt 70 Prozent, doch bis jetzt bin ich mit den übrigen 30 sehr gut durchgekommen. Was passiert, wenn ich krank werde, weiß ich nicht. Ob er mich dann wohl fallenläßt? (Eine junge Prostituierte)

Die Eigenverantwortlichkeit der Frauen wird auch in der Tschechischen Republik ungern wahrgenommen. Beliebt und verbreitet sind tragische Opfergeschichten. Hat sich eine Frau freiwillig zur Arbeit als Prostituierte entschieden, wird sie erst recht von Familie und Gesellschaft ausgegrenzt. Mit dem angeschafften Verdienst befriedigen Verwandte und Bekannte allerdings ihre Bedürfnisse nach Konsumgütern.

Die Situation der Prostituierten ist sehr unterschiedlich. Es gibt professionell arbeitende Frauen mit Hochschulabschluß. Sie verdienen gut und beschäftigen einen Stab von MitarbeiterInnen. Zuunterst in der Hierarchie befinden sich die Roma-Frauen, die meist nicht mehr als zehn deutsche Mark verlangen. Etliche Frauen betreiben Prostitution als Nebenerwerb während der Hochsaison.

Prostituierte, die auf der Straße arbeiten, sind gesundheitlich am meisten gefährdet. Die wenigsten sind über Ansteckungsmöglichkeiten durch Geschlechtskrankheiten oder Aids informiert, und sie arbeiten meistens ohne Schutz. Gerade die Frauen entlang der E55 gehen beträchtliche Risiken ein, da sie von ihren Zuhältern oft auf verantwortungslose Art und Weise «kuriert» werden.

Aids ist noch nicht das dringendste Problem der tschechischen Regierung. 1994 wurden 208 Fälle von HIV-positiven Menschen registriert. Doch angesichts des Booms im Sextourismus wird allgemein mit einer Zunahme gerechnet.

Am Geschäft mit käuflichem Sex verdienen in Prag viele: So gibt es Taxifahrer, die unaufgefordert Prospekte verteilen. Entscheidet sich ein Kunde für ein Lokal, wo er mit einer Frau nicht nur Champagner im Whirlpool trinken darf, erhalten die Taxifahrer saftige Prozente vom Lokalbesitzer. Portiers, die Frauen in die Hotelhallen lassen, profitieren ebenso wie Hotelbesitzer, die Zimmer zur Verfügung stellen.

Die Polizei schaut zu, obwohl Zuhälterei strafbar ist. Bordelle sind gesetzeswidrig, doch als Massagesalons getarnt können sie mit einer städtischen Gewerbeerlaubnis offiziell betrieben werden. In Prag existieren mindestens 54 dieser «legalisierten Bordelle».

Daß in diesen Etablissements schmutziges Geld gewaschen, Drogen und Waffen gehandelt werden, ist der Polizei bekannt. Ausrichten kann sie in der Regel wenig, da ihr die gesetzlichen Grundlagen fehlen. Greift sie ein, sind die Opfer meistens die Prostituierten. Die Polizei treibt sie aus den städtischen Zentren in die Randquartiere. Wenn sich die Frauen illegal in der Tschechischen Republik aufhalten, werden sie abgeschoben.

Um den «Wildwuchs» in der Sexindustrie einzudämmen, arbeitete eine Gruppe von tschechischen ParlamentarierInnen einen Gesetzesvorschlag aus: Prostituierte sollen Lizenzen erhalten und eine Einkommenssteuer zahlen. Sie würden unter die staatliche Gesundheitskontrolle fallen, aber von sozialen Vorsorgeleistungen profitieren können. Für Bordelle, Nacht-, Saunaclubs und ähnliche Etablissements wäre eine Lizenz einzuholen, die nach sechs Monaten erneuert werden müßte.

Der Gesetzesentwurf der ParlamentarierInnen wurde der Öffentlichkeit vorgestellt und liegt bei der Regierung. Dieser scheint es damit nicht zu eilen. Sie scheint vorerst darauf bedacht, möglichst viele Devisen ins Land zu bringen. Kein Wunder, beurteilen viele kritische TschechInnen das Verhältnis ihrer Regierung zum «schmutzigen Geld», das in und dank der Sexindustrie zirkuliert, als äußerst ambivalent.

Zahlreiche Frauen haben die Tschechische Republik seit 1989 verlassen. Sie sind Teil eines Migrantinnenstroms, der sich nach dem Zusammenbruch des ehemals abgeschlossenen Ostblocks Richtung Westeuropa entwickelt hat.

Die Frauen migrieren in west- und südosteuropäische Länder, arbeiten als billige Arbeitskräfte in der Sexindustrie, in der Landwirtschaft oder im Dienstleistungsbereich. Eine Gruppe tschechischer Frauen beispielsweise wurde illegal nach Italien transportiert und dort zu Fronarbeit in der Landwirtschaft gezwungen.

In Bayern arbeiten zahlreiche tschechische Grenzgängerinnen in der Keramikindustrie, dem Hotel- und Gaststättengewerbe sowie in der Krankenpflege. Trotz Lohndiskriminierung gegenüber ihren deutschen Kolleginnen verdienen sie drei- bis fünfmal soviel wie in ihrer Heimat.

Die Zahl der Frauen aus dem ehemaligen Ostblock, die in der westeuropäischen und internationalen Sexindustrie arbeiten, hat seit 1989 drastisch zugenommen. Bulgarinnen und Ukrainerinnen prostituieren sich in Istanbul und Trabzon. Russische Tänzerinnen sind in Thailand und in Ägypten anzutreffen. Albanische Frauen arbeiten in griechischen und italienischen Bordellen. In Belgien verdoppelte sich die Zahl der registrierten Tänzerinnen aus dem ehemaligen Ostblock zwischen 1992 und 1995. In Holland stieg sie um das Dreifache an.

In der Schweiz waren Ende 1989 15 Cabaret-Tänzerinnen aus den Ländern des damaligen Ostblocks registriert. Ende 1992 waren es 318 und zwei Jahre später bereits 725. Beinah die Hälfte der Frauen stammte aus Rußland. Die restlichen Tänzerinnen kamen aus Rumänien, Bulgarien, Polen, der Ukraine, der Tschechischen Republik sowie aus Ungarn.

Die in Genf arbeitenden Russinnen haben in der Regel eine gute Ausbildung. Kaum eine stammt aus sehr armen Verhältnissen. Die meisten kommen aus mittelgroßen russischen Städten.

Die Frauen finden ihre Stellen in der Regel über Agenturen oder Einzelpersonen, die in Zeitungen inserieren sowie über Bekannte, die bereits in der westeuropäischen Sexindustrie arbeiten.

Ich tanzte in Rußland in einem Showprogramm und war immer auf andere Menschen angewiesen. Doch ich will unabhängig sein. Eine Freundin erzählte mir, daß ich in der Schweiz nur tanzen muß. Erst als ich hier war, merkte ich, daß ich auch animieren muß. Heute wissen die meisten, was auf sie zukommt. (22jährige Russin in der Schweiz, Blick 1995)

In der westeuropäischen Sexindustrie befinden sich Frauen aus dem Ostblock in einer ähnlichen Situation wie jene aus den Ländern der «Dritten Welt». Laut einer Genfer Expertin sind sie jedoch im allgemeinen schweigsamer als ihre Kolleginnen aus der «Dritten Welt». Sie würden selten erzählen, wie es ihnen wirklich ergehe. Die Expertin hält dieses Schweigen für eine der Folgen des Klimas allgegenwärtiger Bespitzelung, in dem die Frauen aufgewachsen sind.

Auswirkungen von Frauenmigration

Die Migration von Frauen hinterläßt Spuren. Sie wirkt sich auf die ökonomischen Verhältnisse aus, verändert soziale Strukturen und kulturelle Traditionen. Sie prägt das Sendeland ebenso wie das Zielland und die Migrantin selbst.

Auswirkungen im Zielland: Lohndumping und Schleierdiskussion

Ausländische Migrantinnen gelten im Industrie- und Dienstleistungssektor der industrialisierten Zielländer als bewegliche Arbeitsmasse, die je nach Wirtschaftslage angestellt oder entlassen werden kann. Dies ist um so wahrer für Migrantinnen, als sie aufgrund ihres Geschlechts doppelt diskriminiert werden.

Die Tatsache, daß Migrantinnen aufgrund ihrer oft benachteiligten rechtlichen Situation bereit sein müssen, für einen Hungerlohn zu arbeiten, kann zu einer Segmentierung des Arbeitsmarktes führen: Die anstrengendsten, gesundheitsgefährdendsten, unbeliebtesten und am schlechtesten bezahlten Arbeiten werden immer häufiger von Migrantinnen ausgeführt. Das große Potential an Migrantinnen, die Löhne akzeptieren, die tiefer als das gesetzlich festgelegte Minimum sind, erlaubt es Arbeitgebern, Lohndumping zu betreiben. Einheimischen Arbeiterinnen, die sich mit Hilfe von Gewerkschaften für höhere Löhne und bessere Arbeitsbedingungen wehren, fällt es im Gegenzug oft schwerer, ihre Forderungen durchzusetzen.

In Japan, wo die Anzahl von Migrantinnen und Migranten erst in den letzten Jahren drastisch zugenommen hat, hat die Regierung eine Studiengruppe beauftragt, die möglichen Auswirkungen von ausländischen ArbeiterInnen auf den japanischen Arbeitsmarkt auszuloten. Abgesehen von den bereits erwähnten Gefahren des

Lohndumpings und der Arbeitsmarktsegmentierung hält die Forschungsgruppe in ihrem Bericht von 1991 fest, daß die ausländischen ArbeitnehmerInnen in Rezessionszeiten zu den ersten gehören werden, die ihren Job verlieren. Besäßen sie zu diesem Zeitpunkt Anspruch auf soziale Unterstützung, also Arbeitslosengelder, würden sie die Wirtschaft des japanischen Staates belasten. Könnten sie ihre Familien nachziehen, hätte dies zusätzliche Kosten für die Ausbildung der Kinder, die Unterkunft, den Gesundheitssektor und die Wohlfahrtinstitutionen zur Folge.

Die Studiengruppe kommt zum Schluß, daß zunehmende Immigration nach Japan unter Umständen mehr Gefahren als Vorteile für den japanischen Staatshaushalt bringt und deshalb künftig genau beobachtet werden muß. Und so erstaunt es nicht, daß im Bericht vorwiegend von Kosten und gar nicht vom Profit gesprochen wird, den Japan dank der Arbeitskraft illegaler MigrantInnen macht.

Migrantinnen profitieren selten oder nur im besten Fall vom Staat. Jene, die sich illegal oder mit beschränkten Arbeitsbewilligungen im Zielland aufhalten, stehen von vornherein auf verlorenem Posten: Sie haben auf staatliche Wohlfahrt keinen Anspruch. Legal arbeitende Migrantinnen zahlen ihre Beitragsleistungen an den Staat wie die einheimischen Arbeitnehmerinnen auch. Allerdings können sie unter Umständen aufgrund der herrschenden Migrationspolitik nicht davon profitieren: KurzaufenthalterInnen zahlen in der Schweiz zwar Beiträge an die Arbeitslosenversicherung sowie die Altersvorsorge. Im Fall von Arbeitslosigkeit können sie ihren Anspruch kaum geltend machen, weil ihre Arbeitsbewilligung erlischt und sie das Land verlassen müssen. Was die Altersvorsorge betrifft, erhalten MigrantInnen, die in ihr Land zurückkehren, ihre Beiträge nur, wenn bilaterale Abkommen zwischen ihrem Land und der Schweiz existieren. Mit anderen Worten: All die nicht ausbezahlten Beiträge kommen dem Staat zugute, was in der Schweiz jährlich einen Profit in Millionenhöhe ausmacht.

Migrantinnen ergänzen und stimulieren die Nachfrage in einem Zielland auf vielfältigste Weise. Als Konsumentinnen bestimmter

Güter schaffen sie neue Märkte, wie sich anhand der Restaurants und Läden zeigt, die sich auf Produkte der jeweiligen Länder spezialisieren.

Sehr oft und meist ungefragt werden Migrantinnen zu Projektionsflächen für einheimische Frauen und Männer. Schwelende Konflikte der Gesellschaft, in die sie migriert sind, können sich an Migrantinnen entzünden und über ihre Köpfe hinweg ausgetragen werden.

So kommt es nicht von ungefähr, daß Frauen aus dem islamischen Kulturraum, die in Westeuropa ein Kopftuch tragen, besonders hitzige Diskussionen auslösten und beispielsweise ganz Frankreich wegen der Frage spalteten, ob Mädchen aus MigrantInnenfamilien in den staatlichen Schulen ein Kopftuch tragen dürfen. Auf das Kopftuch konzentrierten sich sämtliche Ängste, die sich aufgrund bestimmter politischer Ereignisse im islamischen Kulturraum und deren einseitigen Interpretation in einem Großteil der europäischen Bevölkerung angesammelt hatten.

Unter dem Vorwand, Musliminnen von der Knechtschaft einer frauenfeindlichen und rückständigen Religion zu befreien, haben viele westliche Feministinnen dem Kopftuch den Kampf erklärt. Werden sie in öffentlichen Diskussionen von muslimischen Kopftuchträgerinnen gefragt, warum sie sich nicht um den in Westeuropa und Nordamerika grassierenden Schönheitswahn kümmern, dessen Druck sich immer mehr Frauen beugen, fühlen sich etliche Europäerinnen unverstanden und stempeln die Kopftuchträgerinnen als islamische Fundamentalistinnen ab.

Mit gleicher Vehemenz, wie gewisse Westeuropäerinnen das Kopftuch anprangern, können sie Musliminnen um deren herzlichen Umgang untereinander beneiden und die unbefangene Stimmung eines Harems romantisieren, wo Frauen unter sich seien und im Unterschied zu den verklemmten Europäerinnen über die sexuellen Leistungen ihrer Männer herzögen. Schwarze Frauen werden für ihre körperliche Ausdruckskraft bewundert, Brasilianerinnen für ihr Temperament, Thai-Frauen für ihre grazile Figur und ihre Kochkünste. Um sich die entsprechenden Fähigkeiten anzueignen, besuchen einheimische Frauen einen Bauchtanz-, Salsatanz- oder einen Thaikochkurs.

Bewunderung und Ablehnung von Migrantinnen sind zwei Seiten derselben Medaille: des Rassismus. Zahlreiche Migrantinnen kämpfen dafür, daß der Staat und die Bevölkerung sie ernst nehmen und sich mit ihnen auf einer gleichberechtigten Ebene auseinandersetzen. Sie haben genug von der Opferrolle, wodurch sie auf handlungsunfähige Wesen reduziert werden, und fordern vom Staat eigene Begegnungsstätten, Sprachkurse und andere Formen von Unterstützung, die sie in der Emigration benötigen. Gleichzeitig wirken viele Migrantinnen bewußtseinsbildend. Sie schließen sich einheimischen Gruppierungen an, wo sie ihre Anliegen vertreten, und gründen selbst Gruppen, um ihre Kultur den Interessierten näherzubringen.

Auswirkungen auf das Sendeland: Export von Arbeitslosigkeit und Support durch Überweisungen

Hohe Emigrationsquoten wirken sich immer auf die Wirtschaft des betreffenden Landes aus. Ist die Arbeitslosigkeit groß und steht das Land vor zahlreichen anderen Wirtschaftsproblemen, stellt die Emigration unter Umständen einen Weg aus der Sackgasse dar: Potentielle ArbeitnehmerInnen wandern aus, statt sich mit anderen Arbeitslosen zusammenzuschließen und Recht auf Arbeit einzufordern. Indem sie emigrieren, entschärfen sie für ihre Regierung die Gefahr der sozialen Unrast und ermöglichen ihr gleichzeitig, sich mit der Schaffung von Arbeitsstellen Zeit zu lassen. Anhaltende Emigration kann somit den *Statusquo* eines Landes zementieren und die soziale wie die wirtschaftliche Dynamik verhindern, die ohne Emigration in Gang gekommen wäre.

Ist die Mehrheit der EmigrantInnen gut qualifiziert, leidet das Land auf absehbare Zeit unter dem «brain drain»: Auf den Philippinen beispielsweise, wo jährlich Tausende von Krankenschwestern das Land verlassen, mangelt es in vielen Krankenhäusern an gut ausgebildetem Personal. Dies gilt auch für Irakisch-Kurdistan, wo die Mehrheit der EmigrantInnen einen Hochschulabschluß aufweist.

Die kurdischen ÄrztInnen, LehrerInnen, WissenschaftlerInnen hinterlassen ein Vakuum, das aufgrund der instabilen Situation und der schwierigen Studiumsbedingungen auf absehbare Zeit nicht aufgefüllt werden kann.

Ein Großteil der MigrantInnen schickt regelmäßig Geld nach Hause. Die Geldsendungen summieren sich jedes Jahr weltweit auf schätzungsweise 25 Milliarden Dollar. Diese Summe entspricht nur der Spitze des Eisberges. Zahlreiche Untersuchungen kommen zum Schluß, daß ein großer Teil der Gelder nicht über offizielle Kanäle überwiesen wird und deshalb in keiner Statistik auftaucht.

In etlichen Sendeländern sind die Überweisungen von MigrantInnen im Steigen begriffen. 1989 wurden in Brasilien beispielsweise 69 Millionen auf die staatliche Zentralbank für MigrantInnen einbezahlt. 1990 waren es bereits 177 Millionen Dollar. Mexikanische MigrantInnen, die in den USA arbeiten, haben bereits Ende der siebziger Jahre mehr als zwei Milliarden Dollar pro Jahr nach Mexiko überwiesen, was dem Vierfachen der Nettoeinnahmen aus dem Tourismusgeschäft entsprach.

Auf den Philippinen beliefen sich die Überweisungen im Jahr 1988 auf 687 Millionen Dollar, was 15 Prozent des Exporterlöses jenes Jahres ausmachte. Drei Jahre später, 1991, wurden 3 Milliarden Dollar überwiesen. Diese Summe war mehr als doppelt so hoch wie die Einnahmen aus Elektronikprodukten, dem wichtigsten philippinischen Exportgut. Zudem haben EmigrantInnen dem philippinischen Staat weiterhin Steuern zu zahlen.

Die Überweisungen von Migrantinnen haben sich in vielen Ländern Afrikas, Asiens und Lateinamerikas zu Pfeilern des jeweiligen nationalen Finanzhaushaltes entwickelt. In der Dominikanischen Republik sind sie die größte Einnahmequelle, in Sri Lanka kommen sie mit jährlich rund 400 Millionen Dollar an zweiter Stelle nach dem Erlös aus dem Tee-Export. Wie sehr manche Länder des (süd-) ostasiatischen Raumes von Überweisungen abhängig sind, zeigte der Golfkrieg von 1991. Bis zu dessen Ausbruch haben Zehntausende Migrantinnen, die in der Golfregion arbeiteten, jährlich mehrere

Milliarden Dollar überwiesen, womit sie in gewissen Ländern sogar die ausländische Entwicklungshilfe übertrafen. Zahlreiche Regierungen konnten ihre Schulden und die benötigten Erdölimporte nur dank diesen Überweisungen bezahlen.

Als Folge des Golfkrieges haben die meisten Migrantinnen aus Sri Lanka, den Philippinen, aus Pakistan und Bangladesch ihre Stelle verloren, was in diesen Ländern zu einer Wirtschaftskrise führte. Die philippinische Regierung beispielsweise stand vor großen Problemen: In der Staatskasse fehlten plötzlich Millionen von Dollars. Gleichzeitig wollten Zehntausende von arbeitslosen Filipinas remigrieren. Die Sendeländer reagierten besorgt und erhöhten ihre informellen Beziehungen zum Irak oder zu Kuwait, um zu einem späteren Zeitpunkt wieder Leute entsenden zu können. Gewisse Sendeländer versuchten möglichst schnell sicherzustellen, daß ihre ArbeitsmigrantInnen für den Aufbau der zerstörten Infrastruktur in den Irak gerufen würden – sobald sich dessen Lage normalisiert hat.

Überweisungen wirken sich auf die wirtschaftliche Situation der Sendeländer unterschiedlich aus. Für Südkorea wurde in einer Anfang der neunziger Jahre durchgeführten Studie berechnet, daß eine zehnprozentige Steigerung der Überweisungen eine Erhöhung der Investitionen um ein halbes Prozent bewirkte. Das Bruttosozialprodukt nahm lediglich um ein viertel Prozent zu. In vier von sechs untersuchten asiatischen Ländern, die eine hohe Emigrationsrate aufweisen, wurde in einer anderen Studie eine allgemeine Steigerung der Spartätigkeit festgestellt.

Generell wird in entsprechenden Studien betont, daß Überweisungen nicht zwingend die nationale Entwicklung eines Sendelandes fördern müssen. Die Auswirkungen finden laut zahlreichen AutorInnen weniger auf der wirtschaftlichen Makro- als auf der Mikroebene statt:

Migration (in die Golfstaaten) unterstützte in der ganzen südostasiatischen Region die dezentrale Entwicklung. Es fand ein dramatischer Anstieg des Einkommens für Hunderttausende von Familien statt, die noch nie in der Geschichte ihres Landes von einer nationalen Entwicklung profitieren konnten. (Improving the contribution of migrant remittances to development, International Migration Review, 1/1993)

Die bereits zitierte Studie kommt zum Schluß, daß Migration in die Golfregion einen der wenigen wirtschaftlichen Prozesse ausgelöst hat, von dem die Individuen stärker profitieren als die Regierungen ihrer Länder.

Eine Untersuchung über Auswirkungen von Überweisungen mexikanischer MigrantInnen hält ähnliches fest:

Gewinner sind einzelne Personen, während die Gemeinschaften zu den Nettoverlierern gehören. Überweisungen machen einen perfekten Sinn aus der Perspektive der individuellen MigrantInnen und ihrer zurückgebliebenen Familien. (International Migration Review, 2/1992)

Überweisungen werden in der Regel zum Neu- oder Ausbau von Häusern, zum Kauf von Land, zur Eröffnung eines Geschäftes oder für die Ausbildung von Jugendlichen eingesetzt. Sehr oft dient das Geld zur Finanzierung alltäglicher Dinge. In Mexiko beispielsweise wurden mit den Überweisungen religiöse Rituale und Heiratsfeste bezahlt, aber auch neue Möbel, Fernseher, Autos oder Küchenausrüstungen wie Kochherd und Kühlschrank gekauft.

Auflösung traditioneller Strukturen und kultureller Werte

Auf Guadeloupe hat die jahrelange Emigration die sozialen Strukturen ganzer Regionen verändert. Es ist die neue soziale Klasse derjenigen entstanden, die ein Visum für die USA besitzen. Die zu Hause gebliebenen Familien haben mit dem überwiesenen Geld in erster Linie Land gekauft. Dieses haben sie allerdings nicht intensiv, sondern als extensive Viehweiden benutzt, wodurch sich der Anteil an unproduktiv genutztem Land vergrößerte. Im Laufe der

Jahre haben die Familien von MigrantInnen die wenigen Landressourcen monopolisiert. Aufgrund ihrer neuen Machtpositionen verwandelten sie einst egalitär funktionierende und aufs Gemeinwohl ausgerichtete Dörfer in hierarchisch gegliederte Gesellschaften, in denen das Individuum mittlerweile mehr zählt als die Gemeinschaft.

Die Tatsache, daß migriert werden kann, verändert die Perspektive eines Dorfes entscheidend, denn die Emigration ermöglicht das Denken in Alternativen. Wo zuvor das Leben von Tag zu Tag bewältigt wurde und die Gegenwartsperspektive vorherrschte, beginnen Familienverbände für die Zukunft zu planen und migrationsfördernde Schritte einzuleiten. Überweisungen beziehungsweise die damit gekauften Konsum- und Luxusgüter zeigen den zurückgebliebenen DorfbewohnerInnen nur die goldene Seite der Medaille der Emigration. Mit der Zeit entstehen eine konsumorientierte Mentalität und Neid auf den Besitz des anderen, und plötzlich sind Konsumgüter wichtiger als die Erhaltung traditioneller Werte.

Wie sehr der Wunsch nach einem schöneren Haus, einem Farbfernseher und anderen Gütern jahrhundertealte Traditionen verändern kann, manifestiert sich in jenen Dörfern Thailands, wo sich Familien aus sozial tiefen Schichten dank der Emigration ihrer Töchter diverse sichtbare Annehmlichkeiten leisten können: In diesen Regionen wünschen sich die meisten Eltern heutzutage nicht mehr einen Sohn, sondern eine Tochter. Man feiert die Geburt eines Mädchens in Erwartung des Geldsegens, den die Tochter dereinst bescheren wird. Dies, obschon ein Mädchen aufgrund religiöser Traditionen als minderwertig gilt.

In Sri Lanka sind die meisten Frauen, die als Hausangestellte migrieren, Mütter von einem oder mehreren Kindern. Im Mittleren Osten arbeiten Mütter von schätzungsweise 40 000 Kindern unter fünf Jahren. (UNICEF, 1987)

Wo Frauen migrieren, verändern sich nach ihrer Abwesenheit Dorf- und Familienstrukturen. Sie fehlen nicht nur als Mütter, sondern auch als Verantwortliche für die Subsistenz und den Zusammenhalt der Gemeinschaft. Ihre Emigration fördert in der zurückgebliebenen Gemeinschaft und bei ihren Kindern nicht selten das Gefühl der Entwurzelung. In der Dominikanischen Republik beispielsweise werden Tausende von Kindern von Großmüttern und anderen Verwandten aufgezogen. Die Auflösung von familiären Strukturen kann die Entwicklung der Kinder nachhaltig beeinflussen und im Extremfall zur Verwahrlosung führen.

Die weltweite Migration von Frauen im besonderen in die nationale und internationale Sexindustrie wird auf die Sendeländer und -regionen Auswirkungen gesundheitlicher Art haben, die noch nicht abzuschätzen sind. Wie zahlreiche Studien zeigen, werden viele Frauen bei der Arbeit im Sexgeschäft durch das HI-Virus angesteckt. Sie tragen unter Umständen das Virus in ihre Dörfer, wo es sich weiterverbreiten kann.

Wie sehr die Emigration von Frauen in die Sexindustrie und in den Dienstleistungssektor die Politik der Regierungen der entsprechenden Sendeländer verändert, ist schwer zu beurteilen. Auf den Philippinen haben zahlreiche Berichte über Mißhandlungen von Filipinas, die in Hongkong oder in den Golfstaaten als Dienstmädchen arbeiten, das nationale Bewußtsein geschärft. Dies führte zum Beschluß der philippinischen Regierung, den Anteil an Frauen in den Botschaften der entsprechenden Zielländer zu erhöhen.

Auswirkungen auf die Migrantin: neue Stärke und psychischer Druck

Die Erfahrungen in der Emigration können Frauen stärken. Dies zeigt das Beispiel der nach Italien migrierten Fillippinas. Sie stellen die drittgrößte MigrantInnengruppe und arbeiten vorwiegend als Hausangestellte. Eine Studie hält fest, daß viele Filipinas in relativ kurzer Zeit sparen konnten und sich nach einer schwierigen Anfangsphase in guter psychischer Verfassung befanden. Mit dem Geld unterstützten sie ihre Familien, kauften Land und bezahlten die Schulgebühren ihrer Kinder. Pläne würden geschmiedet, um einen Laden zu eröffnen und Geschäfte zu machen.

Viele Filipinas haben durch die Emigration – die sie oft gegen den Willen ihrer Eltern durchsetzten – ihre Position in familiären Entscheidungsprozessen stärken können. Sie setzen ihren Willen eher durch und bestimmen, wie die überwiesenen Ersparnisse verwendet werden sollen. Auch Chinesinnen, die zusammen mit ihren Familien von Hongkong nach Australien migrierten, konnten ihre Stellung innerhalb der Familienverbände verbessern. Vor der Migration wurde beispielsweise in der strikt patrilinearen Gemeinschaft der chinesischen Ethnie Guangdong stets in den Sohn investiert. Die Tochter galt als Bürde, die man allenfalls als Gratisarbeitskraft ausbeuten konnte. In der Emigration hingegen wurden alle familiären Ressourcen gebraucht, wollte man erfolgreich überleben. Dies führte zur vermehrten Ausbildung von Mädchen.

Die Hoffnung der Eltern fokussierte sich mehr auf den Willen zur Mitarbeit als auf das Geschlecht. Frauen und ihr Verwandtschaftsnetz wurden so einflußreich wie die Männer und entsprechend hoch gewertet. (Asian Migrant, Vol. 6, Nr. 1, 1993)

Die erwähnte Studie über Filipinas in Italien zeigt, daß in der Regel bereits migrierte Frauen über die Emigration weiterer Familienmitglieder entscheiden. Indem Filipinas in Italien die philippinische Diaspora organisieren, sorgen sie sowohl für die Kontinuität ihrer Kultur als auch für Solidarität und die Arbeitszuteilung für Neuankömmlinge. In einer Studie über Frauen aus verschiedenen asiatischen Ländern, die vor etlichen Jahren nach England auswanderten, werden die Migrantinnen ebenfalls als Schlüsselfiguren innerhalb des Migrationsprozesses sowie als «aktive Agentinnen» bezeichnet, die in ein mächtiges Kommunikationssystem und ausgedehntes Netzwerk eingebunden sind.

Ein Ausdruck des gestiegenen Prestiges von Migrantinnen in England ist die Tatsache, daß Vietnamesinnen, Inderinnen, Armenierinnen und Perserinnen noch nie eine so große Rolle in der Heiratsökonomie spielten wie heute. Über die Mitgift, die von der Ehefrau in die Familie des Mannes gebracht wurde, besaßen die Frauen vor den siebziger Jahren in der Regel keine Kontrolle. Ursprünglich war die Mitgift für ihre persönliche Absicherung bestimmt. Im Laufe der Zeit jedoch haben Schwiegermütter die von den Eltern der Braut aufgebrachte Mitgift für sich beansprucht. Erst als Frauen in der Emigration dank Lohnarbeit selbst zu ihrer Mitgift beitragen konnten, begannen sie über deren Verwendung mitzuentscheiden.

Das veränderte Bewußtsein einer verheirateten Migrantin kann sich entscheidend auf die traditionelle Rollenverteilung in einer Ehe mit einem Landsmann auswirken. Mitte der siebziger Jahre waren zum Beispiel in Deutschland türkische Frauen gefragter als Männer, da ihr Lohn stärker gedrückt werden konnte. Dies löste in der Türkei eine neue Form von Frauenmigration aus. Ledige oder verheiratete und in der Regel schlecht ausgebildete Türkinnen wurden von ihren Familien gezwungen, nach Deutschland zu fahren und dort zu arbeiten. Befanden sich die Frauen in Deutschland, konnten sie im Rahmen des Familiennachzugs ihre Männer nachholen, die später ebenfalls eine Arbeitsbewilligung erhielten. Über Türkinnen, die unter solchen Voraussetzungen migriert sind, wurde 1977 eine Studie publiziert. Darin wird festgehalten, daß diese Frauen plötzlich die Rolle der «Brotverdienerin» übernommen hatten und die Männer den Vorsprung ihrer Frauen meist nicht einholen konnten. Die Ehemänner waren noch Jahre nach ihrer Ankunft vorwiegend für Haushalt und Kinderbetreuung zuständig.

Manche Ehe wird durch das gewonnene Selbstbewußtsein von Frauen auf die Zerreißprobe gestellt. So berichteten etliche jüdische Frauen, die in den späten vierziger Jahren mit ihren Männern von Deutschland nach Israel migrierten, von gescheiterten Ehen. Ihre Erklärung: Die Frauen hätten sich in Israel aus den Zwängen der klassischen Frauenrolle befreit und sich sofort am Aufbau der noch jungen Nation beteiligt, während die in der Regel gut ausgebildeten Männer herumlungerten und auf einen Studienplatz an der Universität warteten.

Unter Umständen zerbrechen Frauen unter dem Druck, dem sie in der Emigration begegnen. Es erfordert eine besondere Stärke, sich von Rassismus und Sexismus nicht verunsichern zu lassen und den Kampf dagegen aufzunehmen. Frauen mit hohem Ausbildungsniveau, die in der Emigration gezwungen sind, einem schlechtqualifizierten Job nachzugehen, oder sich plötzlich als isolierte Hausfrauen wiederfinden, brauchen ebenfalls enorme Kraft, um das Selbstbewußtsein nicht zu verlieren und sich selbst nicht aufzugeben.

Migrantinnen haben zudem nicht nur den Druck einer fremden Gesellschaft auszuhalten, sondern unter Umständen auch jenen ihrer zurückgebliebenen Familie und – sind sie verheiratet – den ihres Ehemannes. Migrantinnen, die in der Sexindustrie arbeiten, müssen dies meist vor ihren Familien verheimlichen. Die Gefahr besteht, daß sie sich weder in ihrer Heimat noch in der Emigration als Teil der Gesellschaft fühlen und an deren Ränder gedrängt werden.

Kurdistan: (Noch) kein Land

Als 25-Millionen-Volk ohne Land und als verfolgte Minderheit sind die KurdInnen immer wieder zur Migration gezwungen worden. Sie mußten ihre Dörfer verlassen und vor den anrückenden Soldaten fliehen. Nicht nur im Exil schlagen sich Frauen oft alleine durch. Auch in den Dörfern, in die viele irakische KurdInnen zurückkehrten, sind etliche auf sich allein gestellt.

Die 25 Millionen KurdInnen sind eines der ältesten Völker der Welt. Als ihre Vorfahren gelten die MederInnen, die am 21. März 612 vor Christus die Hauptstadt des assyrischen Reiches, die legendenumwobene Stadt Ninive, erobert haben. Der 21. März ist seither mit einer Befreiungslegende verknüpft und wird als Jahresbeginn gefeiert.

1639 wurde das kurdische Siedlungsgebiet zum ersten Mal zwischen dem osmanischen und dem persischen Großreich aufgeteilt. Bereits damals ließen sich die in Stämme und Clans aufgeteilten KurdInnen durch die beiden Großmächte gegeneinander ausspielen und sammelten erste Erfahrungen als Volk mit Pufferfunktion.

Ein kurdisches Nationalgefühl existierte zu jener Zeit nicht. Es entstand in Ansätzen erst Anfang dieses Jahrhunderts, als das osmanische Reich den Ersten Weltkrieg verlor und Frankreich sowie England die asiatischen Gebiete dieses Imperiums untereinander aufteilten. Die Zeit für die Forderung nach einem eigenen Staat wäre günstig gewesen wie nie zuvor, doch die KurdInnen haben ihre wohl größte historische Chance aufgrund innerer Zerstrittenheit verpaßt. Die Siegermächte beschlossen 1920, im Vertrag von Sèvres, das Siedlungsgebiet der KurdInnen auf die Türkei, den

Iran, Irak und auf Syrien zu verteilen. Vom gleichzeitig schriftlich festgehaltenen Versprechen, ihnen einen eigenen Staat zuzugestehen, war drei Jahre später, im Vertrag von Lausanne, bereits keine Rede mehr.

Die KurdInnen kämpfen bis heute für ein befreites Kurdistan oder eine Autonomie innerhalb der jeweiligen Länder. Deshalb werden sie von den Regierungen der betroffenen Nationalstaaten als Bedrohung empfunden. Kurdische Abspaltungs- oder Autonomiewünsche stoßen auf taube Ohren, weil das historische Siedlungsgebiet der KurdInnen wirtschaftlich und politisch bedeutend ist. Es ist ein strategisch zentrales Gebiet; eine Art Brückenkopf zwischen Europa und Asien. In seinem Boden lagern große Erdölvorkommen, von denen erst jene in den nordirakischen Städten Kirkuk und Mossul gefördert und raffiniert werden. Im kurdischen Gebiet entspringen die beiden für den Nahen Osten lebenswichtigen Flüsse Euphrat und Tigris. Zudem besitzt Großkurdistan nicht nur imposante Berge mit reichen Mineralvorkommen, sondern auch fruchtbare Täler, in denen Reis, Tabak, Weizen sowie Fruchtbäume unterschiedlichster Art gedeihen.

Die Unterdrückungsmethoden, mit denen die Regierungen «ihre» KurdInnen zum Schweigen beziehungsweise zum «Verschwinden» bringen wollen, umfassen eine breite Palette. In der Türkei wurden die KurdInnen lange Zeit als «Bergtürken» definiert, die lediglich einen Dialekt, nicht aber eine eigene Sprache besitzen. Ihre Sprache, das Kurdische, das einer ganz anderen Sprachgruppe angehört als das Türkische, wurde sogar für den privaten Gebrauch verboten. Mittlerweile werden die KurdInnen als ethnische Gruppe wahrgenommen, doch der Kampf der türkischen Armee gegen sie hat nicht aufgehört. Die Armee zerstörte im Laufe der letzten Jahre Tausende von Dörfern in Nordkurdistan oder Südostanatolien. Die Menschen fliehen entweder in türkische Städte, nach Westeuropa oder über die Grenzberge in den Nordirak, wo seit 1994 mindestens 20 000 türkische KurdInnen leben. Diese Tatsache könnte absurder nicht sein, sind sie doch nicht in ein befriedetes, prosperierendes

Gebiet geflohen, sondern in eines, das in Chaos und innerer Zerstrittenheit zu versinken droht.

Die irakischen KurdInnen haben schon früher auf sich aufmerksam gemacht, ob als besonders Widerständige oder als jene, die 1970 Frieden und einen Autonomievertrag mit der irakischen Regierung schlossen. Nach dessen Nichteinhaltung riefen sie die Revolution aus, welche scheiterte. Der Preis, den das Volk dafür zahlte, war hoch. 1975, nach dem Zusammenbruch der kurdischen Revolution, flohen Hunderttausende in den Iran. Zehntausende wurden in den Süden des Iraks verschleppt. Bis 1991 hat die irakische Regierung rund 5 000 Dörfer zerstört und zirka 200 000 Menschen «verschwinden» lassen.

1988, nach Beendigung des zehn Jahre dauernden Irak-Iran-Krieges, rächte sich die irakische Regierung dafür, daß kurdische Widerstandskämpfer mit iranischen Grenzwächtern kooperierten. Aus Flugzeugen wurde die Stadt Halabja mit einem Giftgasnebel zugedeckt. 5 000 Menschen sind dabei gestorben.

Nichts erregte die Aufmerksamkeit der Weltöffentlichkeit so sehr wie die Massenflucht der irakischen KurdInnen im Frühling 1991. Nach Ende des Golfkrieges hat die amerikanische Regierung die KurdInnen im Norden und die SchiitInnen im Süden unmißverständlich dazu aufgefordert, sich gegen den irakischen Diktator Saddam Hussein zu erheben. Als sie dieser Ermunterung folgten, wurden sie von der immer noch starken irakischen Armee erbarmungslos verfolgt. Die USA haben tatenlos zugeschaut, wie der Aufstand im Norden und Süden zusammenbrach und mehr als eine Million KurdInnen vor den irakischen Soldaten über die Berge in die Türkei oder den Iran fliehen mußten. Das Ausmaß der Flucht war unübersehbar. Von überall her reisten JournalistInnen an und füllten mit ihrer Berichterstattung die internationalen Medien. Sie und die internationale politische Konstellation beziehungsweise der Erfolgsdruck, unter dem die amerikanische Regierung sich befand, führten schließlich zu humanitären Aktionen. Nach ersten Nothilfemaßnahmen haben die Alliierten eine Art autonome Schutzzone im Nordirak geschaffen.

Im Mai 1991 kehrten die meisten irakischen KurdInnen in ihre Häuser zurück. Die zerstrittenen Parteien schlossen sich zusammen, führten 1992 Wahlen durch und bildeten eine regionale Regierung. Millionen von Hilfsgeldern flossen in das Gebiet; Straßen, ein Teil der zerbombten Infrastruktur und über die Hälfte der zerstörten Dörfer wurden aufgebaut.

1994 brach das Zweckbündnis zwischen den beiden größten kurdischen Parteien auseinander. Mit militärischen Mitteln wurde versucht, den eigenen Machtanspruch durchzusetzen, was zur Aufteilung des Gebietes führte: Das einzige demokratische Experiment im Nahen Osten gilt seither als gescheitert.

Die Migrationsgeschichte der KurdInnen besteht aus Fragmenten. Die KurdInnen, die in Westeuropa, den USA und Kanada leben, haben keinen inneren Zusammenhalt. Dies widerspiegelt die Zerstrittenheit der kurdischen Parteien in ihrer Heimat. Mit Aktionen machen vor allem die türkischen KurdInnen auf sich aufmerksam. Die iranischen KurdInnen tauchen selten in der Öffentlichkeit auf, die syrischen KurdInnen fast gar nicht.

Ihre Geschichte liest sich als Männer- und Migrationsgeschichte. Die Männergeschichte handelt von Helden, ruhmvoll Gefallenen und gewieften Taktikern. Frauen spielen eine Nebenrolle. In Studien und auch an Kulturveranstaltungen wird lediglich erwähnt, daß Kurdinnen eine größere Freiheit als arabische Frauen genießen und wichtige Kulturträgerinnen sowie Identitätsstifterinnen sind.

Auch in der Migrationsgeschichte werden Frauen nur am Rande wahrgenommen. Sie umfaßt verschiedenste Migrationsformen: Flucht, Verschleppung und Rückkehr in die zerstörten Dörfer sowie Migration nach Westeuropa, Amerika, Kanada und Australien. Migration ist das bestimmende Element im Leben Zehntausender kurdischer Frauen in der Türkei, im Irak, im Iran und in Syrien. So haben beispielsweise mindestens 8 000 Frauen aus dem irakisch-kurdischen Stamm der Barzani ihre Häuser seit 1975 dreimal an verschiedenen Orten aufbauen müssen.

Der Stamm der Barzani verkörpert symbolisch den kurdischen

Widerstand, da einer seiner Führer, Mustafa Mullah Barzani, sich als Guerillakämpfer einen Namen machte. Er zählt zu den größten Partisanenführern des 20. Jahrhunderts und kämpfte für ein befreites Kurdistan. Barzani war die treibende Kraft hinter dem Autonomievertrag von 1970 und führte die Revolution von 1975 an. Mit deren Scheitern begann ein Drama, das im besonderen die Frauen des Stammes betraf. Jene, die 1975 nicht in den Iran flohen, sondern in ihren Dörfern blieben, wurden in einer Vergeltungsoffensive der irakischen Armee aus ihren Häusern verjagt.

Zuerst haben die Soldaten ein Lager im Tal unten erstellt. Einige Tage später erschienen sie im Dorf. Wir müßten alles zusammenpacken und ins Tal runterkommen, hieß es. Nachdem wir das Notwendigste aus den Häusern geschafft hatten, zündeten sie die Häuser an und töteten alles Vieh. Sie verluden uns auf Lastwagen, die beim Militärlager warteten, und transportierten uns zwei Tage lang durch den Irak, Richtung Süden. (Eine Kurdin aus dem Barzantal)

Die Familien hatten sich in einer wüstenartigen Gegend im Südirak niederzulassen und mit Blocksteinen Häuser zu bauen. Mit den arabischen BewohnerInnen der nahegelegenen Stadt kamen sie nur wenig in Kontakt. Den Männern war immerhin erlaubt, auf einer der umliegenden Baustellen zu arbeiten. Die Frauen organisierten den Alltag, wie sie es in ihren Dörfern getan hatten, und versuchten, sich an die ungewohnten Umstände anzupassen. In ihrer spärlichen Freizeit webten sie Teppiche auf einfachen Webstühlen.

Anfang der achtziger Jahre standen eines Tages wieder die Soldaten vor der Tür. Einmal mehr hieß es: zusammenpacken und auf einen Lastwagen steigen. Die Fahrt ging Richtung Norden, aber nicht in ihre zerstörten Dörfer, die bereits zu militärischen Sperrzonen erklärt worden waren, sondern in eine Ebene südlich von Erbil, der Hauptstadt von Irakisch-Kurdistan. Erneut bauten die Männer mit von der Regierung gelieferten Steinen Häuser auf und versuchten, ihre Familien mit Gelegenheitsarbeiten zu ernähren.

Die Jahre, die die Frauen bis 1983 in diesen Siedlungen verbracht haben, empfinden viele rückblickend als einigermaßen lebenswert. Immerhin besaßen sie fließendes Wasser, Elektrizität und eigene Schulen. Die Hoffnung, in ihre Dörfer zurückzukehren, hatten sie längst aufgegeben. Der Albtraum begann 1983:

Die irakischen Soldaten kamen im Morgengrauen. Ich hatte meinem Mann soeben das Frühstück zubereitet. Sie zerrten ihn aus dem Haus und brachten ihn zu einem Lastwagen. Alle Männer im Alter zwischen 12 und 60 Jahren, die sich nicht verstecken konnten, wurden aus ihren Häusern geholt und abgeführt. Als die Lastwagen losfuhren, warfen wir uns ihnen in den Weg und beschworen die Soldaten mit dem Koran in der Hand, unsere Männer nicht abzuführen. Aber sie stießen uns zur Seite. Seit jenem Tag hat keine von uns ihren Mann, ihren Bruder, ihren Sohn oder irgendeinen verschleppten männlichen Verwandten wiedergesehen. (Eine Bewohnerin des Lagers)

In jener Nacht wurden rund 8 000 Männer verschleppt. Die irakische Regierung rächte sich damit an der militärischen Führung der von Barzani gegründeten Demokratischen Partei Kurdistans, die zusammen mit iranischen Soldaten einen strategisch wichtigen nordirakischen Grenzort erobert hatte. Indem die irakische Regierung die Männer verschleppen ließ, verletzte sie die Ehre eines ganzen Stammes. Die Partisanen, die im abgelegenen Berggebiet Stellungen der irakischen Soldaten angriffen, konnten den Barzani-Frauen wenig helfen. Diese waren nach dem Verschwinden ihrer Männer gezwungen, sich und ihre Kinder allein durchzubringen. Ein Jahr lang lebten sie von Ersparnissen und vom Verkauf ihrer im Süden gewobenen Teppiche. Danach begannen viele Frauen, auf den umliegenden Feldern von Großgrundbesitzern oder in einer der nahegelegenen Hühnerfabriken zu arbeiten. Sie begaben sich jeden Tag zur Hauptstraße, wo sie eines der vorbeifahrenden Autos anhielten und den Fahrer überredeten, sie bis zur Arbeitsstelle mitzunehmen. Da im Irak nur «ehrlose» Frauen beziehungsweise Prostituierte an der Straße stehen und allein zu einem unbekannten Fahrer einsteigen, setzten diese Frauen ihre Ehre aufs Spiel. Wie viele Barzani-

Witwen nach dem Verschwinden ihrer Männer von Soldaten vergewaltigt oder zur Prostitution gezwungen wurden, wird nie herauszufinden sein. Die Frauen schweigen eisern.

1991 erschienen die ersten ausländischen Hilfsorganisationen in den Siedlungen. Sie trafen auf Resignation und kollektive Trauer, aber auch auf die Bereitschaft, nochmals anzufangen. Viele Frauen kehrten im Laufe des Sommers 1992 in ihre zerstörten Dörfer zurück, die mit Unterstützung ausländischer und lokaler Hilfsorganisationen aufgebaut wurden.

1995 lebten Tausende von Barzani-Witwen wieder in ihren Dörfern. Ihr Leben ist nicht einfacher geworden. Im abgelegenen Barzantal gibt es keine Gelegenheitsarbeiten; der Boden ist vielerorts karg. Zudem haben die Heuschrecken sich während der vergangenen zwanzig Jahre zu einer schwer zu bekämpfenden Plage entwikkelt. Im heißen Sommer fließt das Wasser nur spärlich; Typhus und andere Krankheiten sind weitverbreitet.

Aber sogar jene Frauen, die so geschwächt oder mittellos sind, daß sie von ihren Nachbarinnen unterstützt werden müssen, bereuen die Rückkehr in ihr Dorf nicht. Für sie ist die Migration trotz ungewisser Zukunft vorerst beendet: Sie sind auf eigenem Grund und Boden angelangt – dort, wo sie einst entwurzelt wurden.

Die Kurdinnen in den Städten befinden sich in einer anderen Situation. In den nordirakischen Städten hat sich das Leben seit 1991 spürbar verschlechtert. Unter Saddam Hussein ist es der kurdischen Bevölkerung zumindest ökonomisch nicht schlecht ergangen. Lebensmittel waren billig, Benzin und Heizöl beinah gratis, die Arbeitsplätze gesichert. Seit Beendigung des Golfkrieges hat der kurdisch kontrollierte Nordirak jedoch mit zwei Wirtschaftsembargos zu kämpfen: Zum UNO-Embargo über den gesamten Irak kommt jenes von Saddam Hussein über den Nordirak. Bagdad hat seit Herbst 1991 die Lieferungen von billigem Erdöl sowie die Verteilung von subventionierten Lebensmittelrationen eingestellt. Rund hunderttausend staatliche Angestellte – ÄrztInnen, LehrerInnen, BeamtInnen – erhalten seither keinen Lohn mehr. Der einst starke irakische Dinar entwertete sich hundertfach. Als Folge dieser wirtschaftlichen Schwierigkeiten schnellte die Arbeitslosigkeit in den Städten in die Höhe: Mittlerweile ist beinah die gesamte arbeitsfähige Bevölkerung arbeitslos. Die kurdische Regionalregierung versucht, zumindest die Löhne der BeamtInnen zu bezahlen. Doch die 300 Dinar, die eine Lehrerin monatlich verdient, reichen gerade für den Kauf eines großen Sackes Mehl.

Familienverbände überleben nur, indem sie verschiedene Arbeiten gleichzeitig ausüben und Luxusgüter wie Fernsehen, Fotoapparate, Teppiche verkaufen. Da sich im Nordirak fast niemand diese Güter leisten kann, werden sie im Iran verkauft.

Bis 1994 hat der Enthusiasmus die wirtschaftliche Talfahrt emotional aufgefangen: Die KurdInnen genossen ihre Freiheit und waren mit der Aufarbeitung ihrer jüngsten Geschichte beschäftigt. Gleichzeitig zeichnete sich das Ausmaß des Genozides ab, den Saddam Hussein am kurdischen Volk verbrochen hatte: Geheimdokumente wurden entdeckt, Massengräber freigeschaufelt.

Die jahrelang unterdrückte kurdische Kultur wurde ebenfalls von der allgemeinen Aufbruchstimmung erfaßt: Zahlreiche Zeitungen in kurdischer Sprache erschienen; Fernsehstationen begannen, verschiedenste Sendungen auszustrahlen; KünstlerInnen stellten ihre Werke aus; Musik und Theater blühten auf.

Viele irakische KurdInnen, die vor 1991 ausgewandert waren, besuchten zum ersten Mal ihre Familien. Einige beschlossen sogar, für immer zurückzukehren und beim Aufbau mitzuhelfen. Die Abwanderung aus dem Nordirak nach Europa hielt sich hingegen in Grenzen.

Als sich aber im Frühling 1994 die beiden größten kurdischen Parteien offen zu bekämpfen begannen, verloren viele Menschen die Hoffnung. Je länger sich die Gefechte dahinzogen, desto apathischer und resignierter reagierte die breite Bevölkerung. Jene, die nicht mitkämpften, hatten nur einen Wunsch: ins Ausland zu migrieren. Sie kontaktierten emigrierte Verwandte und Bekannte und versuchten alles, um sich abzusetzen.

Bis heute haben wahrscheinlich Tausende das Gebiet verlassen. Genaue Zahlen existieren keine, doch es ist eine Tatsache, daß sich immer mehr irakische KurdInnen in den Ländern des ehemaligen Ostblockes aufhalten beziehungsweise dort gestrandet sind. Ab und zu hört man von gescheiterten Versuchen irakischer KurdInnen, mit dem Schiff von den baltischen Staaten nach Schweden überzusetzen. In der Schweiz nehmen die Asylgesuche irakischer KurdInnen laut dem Bundesamt für Flüchtlinge stetig zu.

Die Migration städtischer Frauen spielt sich sehr unterschiedlich ab. Oft gehen Kurdinnen als Ehefrauen mit ihren Männern ins Exil. So beschloß im Sommer 1994 ein junges Ehepaar mit einem kleinen Sohn, nach England zu emigrieren, wo zahlreiche Verwandte wohnten. Der Entschluß wurde gemeinsam gefällt. Der Mann, ein Architekt, sah für sich keine beruflichen Perspektiven, da er parteilos war. Er wollte sich keiner Partei anschließen, um einen Job zu bekommen. Er hatte auch keine Lust, in einer der oft korrupten Organisationen zu arbeiten. Seine Frau, eine Lehrerin, wünschte sich für ihr Kind eine sichere Zukunft. Beiden ist der Schritt ins Exil schwer gefallen. Doch da sie keine Alternative sahen, verkaufte die Frau sämtlichen Besitz, während ihr Mann mit einem Schlepper Kontakt aufnahm. Ohne die Unterstützung von Verwandten hätten sie die 15 000 Dollar für die Reise nicht aufbringen können.

Als sie in die Türkei fuhren, schien es, daß sie innerhalb weniger Wochen in London ankommen würden. Doch aus Wochen wurden Monate. Der Schlepper zwang sie, nach Kiew zu fliegen, wo sie zusammen mit Hunderten von KurdInnen auf eine Weiterfahrt warteten. Die Frau färbte sich die Haare blond, um auf dem Flughafen nicht auf den ersten Blick als Ausländerin erkannt zu werden. Aber ihre Bemühungen waren vergebens. Erst nach einem Umweg über Bukarest erreichten sie London, wo sie als Flüchtlinge vorläufig aufgenommen wurden.

Sehr wenige Frauen machen sich allein auf den Weg. Eine alleinreisende Frau ist im Nordirak etwas Ungewöhnliches. Meistens befindet sie sich in Gesellschaft einer anderen Frau oder zumindest eines Kindes. So wollte eine verwitwete Kurdin zusammen mit einer ihrer Töchter nach Schweden zu ihren beiden Söhnen migrieren. Ihre Tochter hat aufgrund der innerkurdischen Auseinandersetzungen ihre Arbeitsstelle als Sachbearbeiterin verloren. Als sich herausstellte, daß Mutter und Tochter nicht gemeinsam reisen konnten, entstanden große Diskussionen. Schließlich reiste einer der Söhne an und holte die Mutter ab. In seiner Begleitung erreichte sie Schweden schnell und problemlos. Die Tochter wartete 1995 auf den Bescheid ihres Bruders, sie wird aber wahrscheinlich einen Teil der Reise alleine machen.

Ich bin keine ängstliche Person, aber ich habe keine Ahnung vom Leben. Ich saß noch nie allein in einem Taxi, kann kein Türkisch, habe noch nie ein Flugbillett gelöst. Wie soll ich das können? Zudem bin ich ledig, eine Jungfrau. Als solche ist für mich eine Reise ohne Begleitung doppelt heikel. Wie kann ich beweisen, daß ich mich absolut korrekt verhalten und keinen Mann an mich herangelassen habe? (Junge Kurdin vor der Emigration)

Zahlreiche Frauen heiraten einen irakischen Kurden, der bereits migriert ist. Letztere sind besonders begehrt, da sie Brücken zum Westen schlagen. Zudem können sie sich die Luxusgüter leisten, die die KurdInnen im Nordirak zum Überleben verkaufen müssen.

Migration in den bewaffneten Widerstand wird von vielen türkischen und iranischen Kurdinnen gewählt. Diese Migrationsform bedeutet, sich von der Familie zu lösen und in einem versteckten Lager in Syrien, der Türkei oder dem Nordirak zu leben.

Vor allem junge türkische Kurdinnen, die in Europa aufwuchsen und dort politisiert wurden, möchten mehr zum Kampf für ein vereintes Kurdistan beitragen, als lediglich Flugblätter an europäische PassantInnen zu verteilen oder Unterschriften für die Freilassung kurdischer Gefangener zu sammeln. Sie treten der PKK bei, der kurdischen Arbeiterpartei. Die PKK, die seit Mitte der achtziger Jahre einen bewaffneten Kampf gegen die Türkei führt, bildet junge Leute in ihrem Hauptquartier in Syrien aus. In den letzten Jahren ist ihre Anziehungskraft enorm gestiegen. Tausende von türkischkurdischen EmigrantInnen in Europa unterstützen den Kampf der PKK auch finanziell.

Viele junge Kurdinnen treten der PKK unter anderem bei, weil diese in ihrem leninistisch-marxistischen Programm die Gleichstellung der Geschlechter und die Befreiung der Frauen aus den traditionell patriarchalen Strukturen fordert. Männer und Frauen haben während der Ausbildung und auch später, im Widerstandskampf, gleiche Rechte und Pflichten. Allerdings sind Liebesbeziehungen unter PKK-PartisanInnen strikte untersagt. Um den oft engen Familienverhältnissen oder arrangierten Ehen entfliehen zu können, betrachten die jungen Frauen dies in der Regel als kleines und zeitlich absehbares Übel.

Iranische Kurdinnen treten aus ähnlichen Gründen der iranisch-kurdischen Widerstandsorganisation KOMALA bei. Die KOMALA unterhält Ausbildungs- und Wohndörfer im Nordirak, von wo aus regelmäßig kleine Einheiten die iranisch-irakischen Grenzberge überqueren, um Anschläge auf iranische Revolutionswächter auszuüben oder im Untergrund zu arbeiten.

Im Iran werden die Menschen unterdrückt, sie leiden an Hunger. Ich kam zur KOMALA, weil ich etwas gegen diese Situation machen will. Besonders wichtig ist mir, daß die Komala für die Gleichberechtigung der Geschlechter einsteht. Dies sind keine hohlen Worte. Männer waschen in unserem Lager ebenfalls ab. Jene, die mit einer Frau zusammen ein Kind haben, kümmern sich auch um die Kinderversorgung. Ich stelle mir einen persischen Staat vor, in dem Männer und Frauen eines Tages gleichberechtigt zusammenleben. Für dieses Ziel kämpfe ich notfalls mit der Kalaschnikow. (Eine junge iranische Kurdin in einem Komala-Lager im Nordirak)

Ausgewählte Literatur

– Abadan-Unat: Implications of Migration on Emancipation and Pseudo-Emancipation of Turkish Women, in: International Migration Review, Vol 11. Spring 1977

– Ackermann, Lea; Filter, Cornelia: Die Frau nach Katalog. Freiburg i.B. 1994

– Addleton J.: The Impact of the Gulf War on Migration and Remittances in Asia and the Middle East, in: International Migration Review 4/91

– Agisra: Frauenhandel und Prostitutionstourismus. München 1990

– Agisra Rundbrief Nr. 11/Dezember 1994

– ALAI: Agencia Latinoamericana de Información – Area Mujeres, Serie: Aportes para el debate Nr. 3. Latinoamericanas en Europa: Desilusión en la tierra prometida. Quito. julio de 1995

– Al-Rawi Rosinaa-Fawzia: Gelber Himmel Rote Erde, Frauenleben in Palästina. Wien 1994

– Altink, Sietske: Stolen Lives. Trading women into sex and slavery. London 1995

– Arbeitsgruppe 501 (Hrsg.): Heute hier – Morgen fort. Migration, Rassismus und die (Un)Ordnung des Weltmarkts. Freiburg i.B. 1993

– Argument-Verlag (Hrsg.): Rassismus & Migration in Europa. Berlin 1992

– Bächler Günther (Hrsg.): Umweltflüchtlinge, Das Konfliktpotential von morgen? Münster 1994

– Bendiab Aicha: Labour Migration of Egyptian Women to the Gulf States, in: NORD-SÜD aktuell, 4. Quartal. 1989

– beiträge zur feministischen theorie und praxis: Nr. 37, 1994 und Nr. 9/10, 1983

– Bennholdt-Thomsen, Veronika: Auch in der Dritten Welt wird die Hausfrau geschaffen – warum?, in: Völger, Gisela; von Welck, Karin (Hrsg.): Geliebt, verkauft, getauscht, geraubt. Die Braut. Zur Rolle der Frau im Kulturvergleich, Bd. 2, Köln 1985

– Bundesminister für Frauen und Jugend BMFJ: Umfeld und Ausmass des Menschenhandels mit ausländischen Mädchen und Frauen. Band 8, Stuttgart 1992

– Caritas Schweiz, FIZ, SKF: Gekauftes Unglück – Frauenhandel in der Schweiz. Luzern 1992

– Caritas et al: Grenzen überschreiten, Internationale Migration als Herausforderung. 1994 Luzern

– CEDECA: Espelho e dor, Exploracao Sexual Infanto-Juvenil em Salvador-Bahia. 1995

– Centro de Orientación e Investigación Integral, Inc. COIN: Juntarnos ... Memorias 1er Congreso Dominicano de Trabajadoras Sexuales. República Dominicana 1996

– Charles, Paula: Go, Josephine, go. Zürich 1993

– Dietrich Anne: «Mädchenhandel»: Geschichte oder Vergangenheit?, in: Frauenhandel in Deutschland. Bonn 1989

– Enloe Cynthia: Bananas, Beaches & Bases, Making Feminist Sense of international Politics. London 1989

– Evangelischer Pressedienst: Tourismus und Kinderprostitution, Länderberichte aus Süd- und Ostasien. Frauenfeld 1991

– Fawcett James T. et al. (Hrsg): Women in the cities of Asia; migration and urban adaption. Boulder/USA 1984

– Frauenflüchtlinge in der Schweiz (Hrsg. Eidg. Büro für die Gleichstellung von Mann und Frau). Bern 1993

– Frauenhandel in Deutschland, Tübinger Projektgruppe Frauenhandel. Bonn 1989

– Frauen in der einen Welt, 2/1993, Zeitschrift für eine interkulturelle Frauenalltagsforschung

– Human Rights Watch: Asia Watch Womens Right Projekt, A Modern Form of Slavery, Trafficking of Burmese Women and Girls into Brothels in Thailand. New York 1993

– Kliner-Fruck Martina: «Es ging ja ums Überleben», Jüdische Frauen zwischen Nazi-Deutschland, Emigration nach Palästina und ihre Rückkehr. Frankfurt 1995

– Jhly, Regula: Diskussionsbeitrag – Zur Situation der Frauen aus der Dritten Welt in der Schweiz, in: Kälin, Walter; Moser, Rupert (Hrsg.): Migrationen aus der Dritten Welt. Bern 1989

– Joris Elisabeth, Witzig Heidi (Hrsg.): Frauengeschichte(n). Zürich 1986

– Kee Pookong (Hrsg.): Asia-Pacific Migration to Australia. Philippines: Asian Pacific Migration Journal APMJ. Vol. 3, No. 2–3, 1994

– Kraft, M.; Ashraf-Khan, R.S. (Hrsg.): Schwarze Frauen der Welt. Europa und Migration. Berlin 1994

– Launer, Ekkehard: Frauenhandel. Göttingen 1991

– Launer, Ekkehard: Zum Beispiel Blumen. Göttingen 1994

– Le Breton Baumgartner, Maritza: Die Verflechtung zwischen Patriarchat und Kapital und ihre Auswirkungen auf das Phänomen des Handels mit Frauen aus peripheren Ländern. Lizentiatsarbeit an der Philosophischen Fakultät der Universität Fribourg 1991

– Le Breton Baumgartner, Maritza: Frauen in der Tourismusindustrie, in: Rieger, Gerhard (Hrsg.): Die Karibik zwischen Souveränität und Abhängigkeit. Freiburg i.B. 1994

– Le Breton Baumgartner, Maritza; Bertschi, Susanne: Die Feminisierung der Migration und der Druck neoliberaler Politik, in: OLYMPE, Feministische Arbeitshefte zur Politik. Heft 4, Zürich 1995

– Mamozai Marta: Schwarze Frau, Weisse Herrin. Hamburg 1989

– Maurer Mechtild: Tourismus, Prostitution, Aids. Zürich 1991

– Mies, Maria: Patriarchat und Kapital. Frauen in der internationalen Arbeitsteilung. Zürich 1989

– Migration Information Programme: Trafficking and Prostitution; The growing exploitation of migrant women from central and eastern Europe. Budapest 1995

– Morokvasic Mirjana, Rudolph Hedwig (Hrsg): Wanderungsraum Europa, Menschen und Grenzen in Bewegung, Berlin 1994

– Österreicherischer Informationsdienst für Entwicklungspolitik: Frauen in Bewegung. Wien 1988

– Paganoni Anthony (Ed.): Migration from the Philippines. New Manila City 1984

– Parnreiter Christof: Migration und Arbeitsteilung, AusländerInnenbeschäftigung in der Weltwirtschaftskrise. Wien 1994

– Philippine Migration Review: Vol V Nr. 2, 1991

– Premachandra Athukorala: Improving the Contribution of Migrant Remittances of Asian Labour-exporting Countries, in: International Migration Review 1/93

– Radcliffe Sarah A.: Between Hearth and Labor Market: The recruitment of Peasant Women in the Andes, in: International Migration Review, Vol 24.

– Rassismus und Migration in Europa: Beiträge des Kongresses ‹Migration und Rassismus in Europa›, Hamburg, 26. bis 30. September 1990. Hamburg. 1992

– Rauchfleisch Udo (Hrsg): Fremd im Paradies, Migration und Rassismus, Basel 1994

– Renschler, Regula et. al.: Ware Liebe. Sextourismus – Prostitution – Frauenhandel. Wuppertal 1987

– Rice Edwards: Captain Sir Richard Francis Burton. New York 1991

– Rotbuch-Verlag (Hrsg): Die Armut der Nationen. Berlin 1988

– Rieger Gerhard (Hrsg): Die Karibik zwischen Souveränität und Abhängigkeit, Analysen und Berichte zu Jamaika, Kuba, Haiti, St. Lucia, Guadeloupe-Martinique und der Dominikanischen Republik. 1994

– Rubenstein H.: Migration, Development and Remittances in Rural Mexico, in: International Migration Review 2/92

– Rudolph Hedwig, Morokvasic Mirjana (Hrsg): Bridging States and Markets, International Migration in the early 1990s. Berlin 1993

– Russell Sharon Stanton: Politics and Ideology in Migration Policy Formulation: the Case of Kuwait, in International Migration Review, Vol 1. Ende 80er Jahre

– Sassen Saskia: Why Migration? Thesen gegen herkömmliche Erklärungsmuster in: Arbeitsgruppe 501 (Hrsg) Heute hier – morgen fort, Migration, Rassismus und die (Un)Ordnung des Weltmarkts, iz3W. 1993

– Sassen Saskia: Die Mobilität von Arbeit und Kapital: USA und Japan in: PROKLA. Juni 1991

– Schmidt, Heinz G.: Der neue Sklavenmarkt. Geschäfte mit Frauen aus Übersee. Basel 1985

– Schneider Robin: Zum Beispiel Flüchtlinge. Göttingen 1992

– Souza da Silva Francisca: Tagebuch eines brasilianischen Dienstmädchens. München 1984

– Stuber Cornelia: Sextourismus, Prostitution, Aids – eine neue Realität in Osteuropa, Situationsanalyse am Beispiel der Tschechischen Republik, Diplomarbeit Tourismusfachschule. Brig 1995

– Südostasien informationen, Nr. 4, Jhrg. 9. 1993

– Schulz Marion (Hrsg.): Fremde Frauen, Von der Gastarbeiterin zur Bürgerin. Frankfurt am Main

– Trapasso Rosa Dominga: Tráfico de Mujeres: Dimensiones Internacionales de la Prostitución o.a.

– Tübinger Projektgruppe Frauenhandel: Frauenhandel in Deutschland. Bonn 1989

– Turtschi-Jhly, Regula: Gogo-Girls, Touristin oder sanfte Ehefrau – Zur Spezifik der Migration von Frauen, in: Schweizerische Vereinigung für Marxistische Studien: Das neue Gesicht des Rassismus. Standpunkte 4, Bern 1993

– Turtschi-Jhly, Regula: Migration von Frauen – Überlebensstrategie und Ausbeutung, in: Rauchfleisch, Udo (Hrsg.): Fremd im Paradies. Migration und Rassismus. Basel 1994

– Turtschi-Jhly, R.; Le Breton Baumgartner, M.; Karrer, T.: In der Hoffnung auf ein besseres Leben... Tourismusbedingte Migration, in: Grütter, Karin; Plüss, Christine (Hrsg.): Herrliche Aussichten! Frauen im Tourimus. Kleine Reihe Tourismus und Entwicklung. Band 7, Zürich 1996

– Turtschi-Jhly R., Le-Breton Baumgartner M., Karrer C.: Tourismusbedingte Frauenmigration in: Herrliche Aussichten, Frauen im Tourismus, Karin Grütter, Christine Plüss (Hrsg). Zürich 1996

– UNHCR-Report: Die Lage der Flüchtlinge in der Welt. Bonn 1994

– Vereinigte Evang. Mission: Prostitutionstourismus nach Sri Lanka und auf die Philippinen. Wuppertal 1993

– von Werlhof, C.; Mies, M.; Bennholdt-Thomsen, V.: Frauen, die letzte Kolonie. Zur Hausfrauisierung der Arbeit. Reinbeck bei Hamburg 1988

Periodika

– Asian Migrant: viermal pro Jahr; Studien, Hintergrundberichte zu Migrationsfragen im asiatischen Raum, Englisch

– International Migration Review: erscheint viermal pro Jahr; Forschungsberichte aus der ganzen Welt zum Thema ‹Migration›, Englisch

– ‹südostasien informationen›: erscheint viermal pro Jahr, Reportagen, News aus dem südostasiatischen Raum, Deutsch

– Trafficking in Migrants, Quarterly Bulletin der International Organization for Migration IOM, Genf

– FIZ-Rundbriefe Nr. 12, 13, 14, 15, 16, 17

– Nachrichtenbulletins der Arbeitsgemeinschaft gegen Kinderprostitution. Bern

– Diverse Materialien aus dem FIZ-Archiv

Die Autorinnen

Cristina Karrer, geboren 1961; Studium der Geographie und der Geschichte; freie Journalistin; Arbeit in einem Entwicklungsprojekt in Südindien; Auslandreportagen aus dem Ex-Ostblock; Zürcher Journalistenpreis 1991; zwischen 1991 und 1995 regelmäßig in Irakisch Kurdistan: Korrespondentin für «Agence France Presse»; Studie über kurdische Witwen; 1992 Publikation «Liebesgeschichten? Schweizerinnen und Asylbewerber» (Scalo Verlag).

Regula Turtschi, geboren 1964; Studium der Geschichte und der Germanistik; sieben Jahre Verantwortliche für Öffentlichkeitsarbeit im FIZ; Vorträge und Publikationen zum Thema «Frauenhandel» und «Frauenmigration». Ausbildung als Filmemacherin und Gestalterin. Seit 1996 Leiterin des Sekretariats der Arbeitsgemeinschaft gegen Kinderprostitution in Bern. Lebt und arbeitet als freischaffende Gestalterin im Emmental.

Maritza Le Breton Baumgartner, geboren 1960 in Südchile; Studium der Sozialanthropologie in Chile; seit 1982 in der Schweiz; Studium der Sozialarbeit und der Soziologie in Fribourg; verschiedene Tätigkeiten im sozial- und entwicklungspolitischen Bereich; seit 1992 Verantwortliche für Öffentlichkeitsarbeit und Finanzen im FIZ; Vorträge und Publikationen zum Thema «Frauenhandel» und «Frauenmigration».

FIZ – Fraueninformationszentrum für Frauen aus Afrika, Asien und Lateinamerika

Wer sind wir

Das FIZ ist ein frauenspezifischer, parteipolitisch unabhängiger Verein. Das FIZ befaßt sich mit den verschiedenen Aspekten der Migration von Frauen aus Asien, Afrika und Lateinamerika sowie mit den Problemen der von «Frauenhandel» und anderen Ausbeutungsformen betroffenen Migrantinnen.

Das FIZ-Team, bestehend aus fünf Mitarbeiterinnen, ist interkulturell zusammengesetzt.

Finanziert wird das FIZ von entwicklungs- und frauenpolitischen Organisationen, kirchlichen Stellen, Beiträgen der öffentlichen Hand sowie Mitgliederbeiträgen und Spendengeldern.

Was tun wir

Wir bekämpfen alle Formen der Ausbeutung von Migrantinnen und zielen darauf ab, die verschiedenen Mechanismen der Ausbeutung aufzudecken, um mögliche Bekämpfungsstrategien und Lösungsansätze zu entwickeln.

Wir informieren die Öffentlichkeit über die wirtschaftlichen, politischen und sozialen Zusammenhänge und Hintergründe der weltweiten Frauenmigration sowie über die verschiedenen Aspekte der Ausbeutung von Migrantinnen in der Schweiz.

Wir nehmen Einfluß auf politische Gremien, Gesetzgebung und deren Vollzug, mit dem Ziel, die Verbesserung der Situation von Frauen aus Asien, Afrika und Lateinamerika in der Schweiz zu erreichen.

Wir beraten Frauen aus Asien, Afrika und Lateinamerika, die in der Schweiz in Schwierigkeiten geraten sind, und streben durch den Ansatz der Hilfe zur Selbsthilfe die Erhöhung der Handlungskompetenzen der Frauen an.

Wir vernetzen uns mit weiteren Organisationen, Institutionen, Fach- und Privatpersonen auf nationaler und internationaler Ebene, die bestrebt sind, gegen die Ausbeutung von Migrantinnen anzukämpfen. Durch internationale Vernetzung und Projektarbeit leisten wir Präventionsarbeit, indem wir versuchen, die Frauen in Asien, Afrika und Lateinamerika über die reellen Verhältnisse in der Schweiz zu informieren.

FIZ, Quellenstrasse 25, 8005 Zürich
Tel. 01/271 82 82, Fax 01/272 50 74